ていねいに生きて行くんだ

《本のある生活》

Maeyama Mitsunori

前山光則

◉弦書房

装丁＝毛利一枝
〈カバー表写真〉毛利一枝撮影
〈表紙・本扉写真〉著者撮影

目次

二 眠れぬ夜に眠るには

四 わたしの居場所・帰る場所

五　歩きながら考える

はじめに

「あなたは本が好きですか」と問われたら、「はい」と答えるしかない。本はよく読む。随筆とかコラムを書くとき、ただの日常茶飯事や旅の思い出だけを語ればいいのに、つい自分が読んだ本の中身をも絡めて話題にしがちである。だから弦書房ホームページの連載コラムも、別に読書が中心テーマではない、日常雑事・雑感を綴り、旅をしたら旅の記録をレポートするといったやり方なのに「本のある生活」と題をつけてしまっている。何かにつけて本に書いてあったことが想起されるものだから、これはやはり本好きなのだ。だが、とはいえ「本を読むのが好き」という際に、わたしの心の中で遠慮しいしいうごめいているものがある。「はい」をあっけらかんと発語できぬ動きがある。

実は、わたしの胸の底に十代後半からずっと「自分は、もともとは本を読んだりものを書いたりする人間ではないのになあ」とのヒケメが棲みついているわけである。

高校一年生（一九六二年）の秋頃まで、本を読む習慣がまるでなかった。本といえばまず頭に浮かぶのは教科書で、あれはおもしろいはずがない。わが家は、父は日本通運で力仕事をしていて本を読む習慣など持っている人ではなかった。母が美容院をやっていたから、客が見るための

「平凡」とか「明星」などという雑誌は置いてあったが、子どものわたしとしては写真ページの女優や歌手らに目をランランとして見入ることがあっても、記事はあまり読まなかった。カバヤキャラメルのカバヤ文庫というのが小学校低学年の頃に人気があって、一箱十円のキャラメルを買えば文庫引換券がついていた。まとまった枚数が貯まって送ると、本が貰えるのだった。自分の周りにも熱心に揃える子がいて、そういう子たちは本を読むのが好きで、童話だとか子ども向けの世界名作全集などにも親しんでいた。だからカバヤ文庫にも熱を入れたのだ。しかし自分は興味が湧かなかった。河原でチャンバラや三角ベースの野球をしたり、夏ならば川の中に浸かって釣りをしたり泳いだりして遊ぶことの方が絶対に楽しみがいがあった。あるいは、小学校五、六年次には、若い頃高手山との四股名《しこな》で元十両力士であったというお爺さんが指導してくれる相撲道場に通ったり、中学校では柔道部に入って、いずれも強くなれずにヘナチョコなままだったものの、読書などするよりは愉しかった。

作文も、授業でなにかと原稿用紙に字を書かせられるのが苦痛だったし、下手だった。学校の講堂で始業式や終業式などが行われる時には、決まって生活綴り方や読書感想文コンクールで入賞した子がみんなの前で賞状・賞品を授与され、褒め言葉をかけられていたが、ああいう経験はただの一度もない。

中学校時代、ユニークな社会科の教師がいた。この人は、授業の合間に、勉強内容と何の関係もないこと、例えば、

「お便所に屈《かが》んだら、ギバッて（力んで）はいけません。必ず痔が悪くなる。自然と、出るのを待つんだよ。出ないときは、それでよろしい」

何食わぬ顔で静かにおっしゃる。すると、よし、そうしようと素直に頷くことができる。語り口に、何とも言えぬ味があったのだ。そして、たしか二年生だった頃のある時、

「作文が下手で悩んでいる人は、毎日二、三行でもかまわないから日記をつけると良いのですよ。自然と作文が上手になる」

とのたもうた。これは作文が苦手な生徒を刺激した。へえ、そうなのか、と、これもスーっと胸に入って、以来、断続的にではあるが日記をつける習慣を持つきっかけとなった。

日記をつけてみても、それは読書へとつながることはなかった。あいかわらず、本への興味を示さない少年であった。

そのようなわたしが読書に目覚めたのは、高校一年生の秋頃、ある教師とトラブルを起こしたことがきっかけだった。教師の指図することが「先生はなんであんな下らぬことを言うのだろうか」とどうしても納得できずに、意地になって逆らったところ、学校から、「家に戻って、大人しくしておきなさい」と命ぜられた。三日間ほどだったか、「家庭内謹慎」をさせられたと記憶するが、しかし家に大人しくしていても退屈なだけである。それで、昼の、まだ学校では授業が行われているであろう時間帯に家を抜け出して街をふらついた。ところが、街をブラブラしていて、市場の入り口に晋文堂という本屋さんがあるので何気なく覗き込んでみると、小さな本が

ギッシリ並んでいる。店の人に訊ねたら、

「うん、これは文庫本よ」

とのこと。へーえ、これが文庫本というものなのか。近所の友だちが持っていたカバヤ文庫とはまた違って、簡素な、でもなんとなく雰囲気のある小さな本だ。それで色々の書名が並んでいる中に田山花袋著『田舎教師』（新潮文庫）というのがあって、これにはそそられた。何と言うのか、どうも教師たちの悪口が書いてあるのじゃなかろうか。そしたら読んでみたいゾ、と心が動いたのである。しかも値段が三十円だった。近くの蕎麦屋で掛け蕎麦を食うよりも安いので、ちょうどポケットに小銭を持っていたこともあってついつい買って帰った。そして家でページをめくってみたら、これが止められなくなったのである。


田山花袋の『田舎教師』の舞台は、関東平野のわりと奥の方、埼玉県の羽生市《はにゅうし》とか行田市《ぎょうだし》である。主人公は林清三といって、頭が良いのだが家庭が貧しくて、中学校からさらに進学したいのできずに、田舎の小学校教師として赴任する。彼は懸命に教師として励みながらも、一方で憧れの文士たちの中央文壇での動きに関心を持つし、このまま田舎に埋もれてはならぬと焦る。しかし、田舎での忙しい教師生活が続くうちに憧れも色褪せてくる、自棄《やけ》になって商売女との遊びも覚える。そうするうちに不治の病を得てしまい、療養も虚しく亡くなってしまう、といった、きわめて冴えぬ男のさみしい物語なのであった。エーッ、学校の先生たちって、サッソウとして、悩みもせず、愚痴こぼすことも知らず、ましてヤケになって遊びまわるなどせぬ、そうした人たちばかりだと思い込んでいた。だから、そんな立派な先生が変な、納得できぬ指示をするから「そんなことで良いのだろうか」と怒りを覚えて逆らってしまったが、いや、先生って実はあまり立派でもないのだ。昔の中学を出たといえば結構優秀で、ボンクラなんか行けなかったはず。それを卒業しただけでも大したものなのである。それなのに主人公は自分のことに自信がなかったり、他人のことが羨ましくて妬ましかったり、しょげきったり、あんまりクシャクシャしたら悪い場所へ遊びに行ったりするんだ——こんなふうに考えると、今まで学校の教師を必要以上に尊敬していたことも、逆に教師によってはどうしても従えずに反発していたことも、もうどうでも良いことのように思えて、とても気が楽になった。田山花袋の『田舎教師』は、高校時代のわたしに、教師ってほんとは周りにいるおじさん・おばさんたちとあまり変わらぬ普通の人間だよ、と、それとなく教えてくれたことになる。

小説に出て来る行田とか、羽生《はにゅう》、それに弥勒《みろく》、熊谷《くまがや》、発戸《ほっと》、手古林《てこばやし》、下村君《しもむらきみ》などという地名がまた、九州では聞かないような物珍しさが感じられた。利根川《とねがわ》や渡良瀬川《わたらせがわ》が出てくると、地理の時間で習った気がして、こういうのには親しみが持てる。そんなふうに地名や川の名前に接するだけでもどんなところなのか興味が湧いて、作品の舞台となったあたりへ行ってみたい気さえ起きるのだった。

以来、すっかり本を読むことが愉しくなってしまった。文章を書くことにも興味が出て来た。学校の勉強はそっちのけで、家にいるときはもちろんのこと、学校で授業を受けている時もコッソリと本を開いて読みふける、そんな高校生になったのである。

大人になってからのわたしは、田山花袋がどの程度の評価でランクされているのか、ある程度分かっている。日本近代文学の中では花袋よりも良い仕事をした人はいっぱいいる、ということぐらい、弁《わきま》えているつもりである。はっきりいって、夏目漱石や森鷗外のような大作家ではなかろう。しかし、田舎のボンクラ高校生の眼を開かせてくれた功績、これは疑いもなくあるゾ、と言いたい。花袋は、ごくありふれた、冴えない、ちっとも意気の上がらない人間がどのような生活と意見を持って世の中に生存し、名もなく貧しく果てていくのか、書いてくれている。これは『田舎教師』だけでなく、『蒲団』などもそのような作ではなかろうか。だから今でもこの作家には好意を持っている。

ともあれ、こんなふうにして、わたしは十代の後半にようやくさしかかった頃、突如として本を読むことに興味を覚え、熱中し、ものを書くことへの意欲も持つに至った。少なくとも本を読むことに関しては、出発が普通の読書好きの人たちよりもずっと遅かったので、だから、「自分は、もともとは本を読んだり書いたりする人間ではないのになあ」、このひけめが消えない。そう、ものを書くときも、こうしたバツの悪い想いが今でもある。

でも、実を言うと、年を食ってきて少し違った気分も生じてはいる。それは、つまり、バツが悪い想いは捨てない方がいつまでも読書やものを書くことについて新鮮な気持ちが保てる、ていねいに日々を過ごせるのではないかな、ということ。この世にずっと生きてきて、あれやこれやと経験し、何度も病気したりで色々あった。でも、そのように最早年寄りになってしまった自分であるからこそ、他人より遅れて柄にもなく本を好きになったという、その初心を決して忘れまい。うん、そう、それが良い、と自分に言い聞かせるのである。そして、わりと良く本を読むし、日常の雑事をこなすときやあるいは旅に出た折りにも何かにつけて本に書いてあったことを連想したりしている。

一

老婆とわれと入れかはるなり

奄美大島に隣接する加計呂麻島、浜辺のアダン

故・島尾敏雄氏の作品は学生時代に「夢の中での日常」を読んで惹き入れられて以来、愛読した。一九七一年（昭和四十六）の夏、大学四年生であったが、奄美大島に一週間ほど旅行した折り運良く鹿児島県立図書館名瀬分館で島尾氏の端正なお姿を見ることができた。しかし、ちゃんとお会いしたのは大学卒業の直前であった。アルバイト先の出版社の編集部の人にお伴して朝早く新潮社の執筆者用宿泊所を急襲し、強引に面会したのであった。以来、なにかとお世話になった。「出発は遂に訪れず」のような戦争体験にもとずいた作品や、病妻ものの「死の棘」、いずれも壮絶な世界だ。島尾氏が日本列島を広い視野で眺め渡し、「ヤポネシア」という概念を創出したことも敬服に値する。

二〇一八年（平成三十）二月に亡くなられた石牟礼道子さんについては、『苦海浄土』（講

晴れた日の不知火海

談社）が世に出た時、とても衝撃的で感動した。雑誌「暗河」が創刊（一九七三年）されて間もない頃から、仕事場や水俣の御自宅に出入りさせてもらうようになった。ごく普通の田舎のおばさんのようでありながら、頭脳明晰な才女であり、あるいはまた沖縄でいうセジつまり霊力を備えたノロではないかと思いたくなる面も豊富で、不思議な方だといつも思う。

最近、あるラジオ番組で作家の高橋源一郎氏が、明治以後の日本文学の中から三作推薦せよと言われれば夏目漱石「明暗」、島尾敏雄「死の棘」、石牟礼道子「苦海浄土」を挙げたい、と発言していて、大いに共感した。島尾氏のことも石牟礼さんのことも、いずれその魅力をまとまったかたちで書きたい。そう念じながら、まだ果たせないでいる。

弧

島尾敏雄

寄り道をした……………………………………島尾敏雄『南風のさそい』

十一月十二日は、友人Y氏につきあってもらって車で鹿児島市へ出かけ、かごしま近代文学館で催されている「島尾敏雄展」を観た。「夢の中での日常」「出発は遂に訪れず」「死の棘」等、多くの作品を書いた作家。そして、日本の文化を眺め渡す際に大和中心であってはならず、ひろく列島全域を視野に入れる必要があると説いて、「ヤポネシア」なる新語を創出した人である。「島尾敏雄展」はその全生涯と文学の軌跡を辿る企画で、たくさんの貴重な資料が展示されていた。展示物に付された説明もたいへん詳しく適切で、これは企画・準備に当たった人たちが島尾文学に精通しているからできるのだな、と感心した。改めて島尾氏の作品を読み直したくなった次第であった。

鹿児島から帰る途中、湧水町つまり昔の吉松町に寄り道をした。温泉好きなY氏に「スコットランド温泉」を味わわせてやりたかったのだ。これは本当の名は鶴丸温泉といって、その名の通りJR吉都線の鶴丸駅前にある。

Y氏は喜んでくれた。鶴丸温泉のひなびた建物、その目の前には小さな無人駅、これだけでも秘湯の趣きがある。入湯料はわずかの二百円だ。そして、衣服を脱いで湯に浸かると、これがまた茶色に色づいた珍しい「モール泉」というもので、つまり珪藻類の泥炭層を通って湧いてくる湯である。なんというのか、クレヨンのような、ありがたい匂いがする。こういうのは英国スコットランドを思わせるのである。スコットランドへは二回旅行したことがあって、どこもこうした茶色の水が泥炭層の中から湧き出てくる。この茶色い湯の中に浸かっていると、スコットランド山間部のピトロクリーという町で小さなウイスキー蒸留所を見学したことや、谷間で野ウサギが目の前をピョンピョン横切って行ったこと、あるいはスペイ川流域を辿ってみた時のすがすがしい眺めやらが色々と浮かんでくるのである。だから、わたしは、このモール泉の鶴丸温泉を自分勝手に「スコットランド温泉」と呼ぶわけである。

もっとも、その日はスコットランドのことよりも別のものが想起された。Y氏とワイワイ騒いだり、土地の人たちに話しかけたりして長湯する内、ふと一九七八年（昭和五十三）に刊行された島尾敏雄氏のエッセイ集『南風のさそい』（泰流社）の中に「湯船の歌」というエッセイがあったよなあ、と思ったのである。それは、島尾氏が奄美大島での生活を切り上げて一九七五年（昭和五十）の春に鹿児島県指宿市の二月田《にがつでん》と呼ばれる集落へ転住された。二月田での生活は二年後の秋まで続いたようだが、その頃のことを回想した文章だ。二月田では、住まいのすぐ近くに「殿様湯」と呼ばれる温泉があった。木造の古びた建物だが、もともとは島津の殿様専用の温泉だったとかで、だから「殿様湯」である。島尾氏はその温泉を好み、湯治に来ている気分でいつも入りに行った。湯船の中で千昌夫の「北国の春」を口ずさむのが楽しいいし、父祖の故郷である北国のことがツーンと恋しくなるのだそうであった。なんでも、氏は「北国の春」が流行《はや》りだしたとき、すぐに取りつかれたという。千昌夫が田舎紳士の身なりでうたう、その恰好もよかった。そして、含羞を含んだ、それでいてとぼけたようなうたいかた。歌にも歌い手の千昌夫にも「東北」がいっぱい詰まっていた、というようなことを島尾氏は書いていた。戦時中の奄美加計呂麻《かけろま》島での特攻隊長としての日々や戦後の東京での生活、「死の棘」に書かれたような家庭の修羅等々を経ながらたどり着いた、指宿での平穏な日常。島尾文学と「北国の春」はいかにも不似合いな感じがするが、その不似合いなところがほほえましくて、心温まるエッセイであった。

内湯から出て、露天風呂の方にも浸かってみた。屋根のところに設置してあるスピーカーから、民謡がのどかに流れる。それを聴きながらあたりを見回したら、すぐそばに山茶花が咲いていた。湯を出て垣根の外を眺めると、そこは線路である。線路の向こうには、柿の木が一本、鈴生りの実がみな赤く色づいていた。秋も深まったのだなあ。ここにはまた春先にでも浸かりに来たいものだ。
「さて、上がろうか」とY氏に声をかけたが、彼は、
「うんにゃ、まだまだ」
湯に浸かったまま首を横に振った。よほどスコットランド温泉が気に入ったのだ。

（二〇一一・十一・二十）

昭和四十六年に出会った人……………………崩中幸一「島尾敏雄の瞳」

奄美・島尾敏雄研究会が編んだ、『追想・島尾敏雄——奄美・沖縄・鹿児島』（南方新社）という本がある。四十三名の人たちが故・島尾敏雄氏についてそれぞれ思い出話を書いているのだが、ぱらぱらとページをめくっているうちにその中の崩中幸一「島尾敏雄の瞳」に来て目が止まった。

私は聴覚が過敏になっていた。それは飛行機の爆音が恐ろしいからであった。——

「徳之島航海記」の書き出しである。
航海記の副長格、A特務少尉に擬せられているのが脇野素粒（本名・勇雄）であると聞いた記憶があるが、話してくれた人が南海日日新聞記者か、名瀬の郷土史研究家であったか定かで

ない。聞いた日時は、素粒の死亡した昭和四十九年六月二十八日の翌々日の夜、場所は名瀬の繁華街の飲食店だった。

この部分へ来て思わず息を呑んだ。島尾敏雄氏の戦記小説「徳之島航海記」には、確かに隊長の「私」を補佐する立場で「A特務少尉」が登場する。兵隊での階級は高いがまだ不慣れである「私」に比べて、部下のAはずっと経験豊富、しかも年上、だから両者の関係は微妙である。この「私」には、大学を繰り上げ卒業して奄美加計呂麻島《かけろま》・呑之浦《のみのうら》の第十八震洋隊の隊長となった島尾氏自身が投影されている。そしてA特務少尉というのは、もしかしてあの脇野素粒《わきのそりゅう》さんがモデルなのかな、と長年勘繰ってはきた。しかし、それがズバリ本当であったとは……。しかも脇野氏は「昭和四十九年」に亡くなった、とあり、それならば、わたしはその三年前にこの人に出会ったことになるのである。

一九七一年（昭和四十六）の真夏、わたしは島尾敏雄氏が図書館長を務める奄美大島に初めて旅してみた。一週間近く滞在したが、ある日、炎天下を汗かきながら歩いて、名瀬市内から峠を越えて行ったら小さな湾が展開し、海水浴場で人が泳いでいた。朝仁浜《あさにはま》というところである。浜の茶店に立ち寄って、ジュースか何か飲んだ。店の中を見まわすと、店主は小肥りの初老の男性で、眼光に力があった。背後には茶店にしては不似合いな本棚が立っていて、島尾敏雄・埴谷雄高・吉本隆明等の著書がぎっしり詰まっている。詩歌の本も多かった。その店主が脇野素粒氏であった。だから島尾氏について訊ねてみたところ、実に詳しいのであった。

「わしは島尾の特攻隊に所属していたし、今もつきあいがある、自分はたたき上げの兵士だったが、彼は学士さんで軍人ではなかったな、しかし作家として島尾は凄い、それは認めねばならん」

などと、脇野氏の話しぶりには微妙な屈折が否定できなかった。まったく偶然の出会いであったが、わたしは大学の卒業論文に島尾敏雄論を提出するつもりで勉強をしていた。奄美大島へ行ってみたのも、単に遊びでなく勉強のためということがあったので、脇野氏に話が聞けたのはとても嬉しいことであった。氏が郷土史家で俳人でもあり、『流魂記・奄美大島の西郷南洲』（大和学芸図書）や『句と文 エラブの礁』（和泊句会）等の著書があるということは、ずいぶん後になって知った。

崩中幸一氏の「島尾敏雄の瞳」には、他にも脇野氏が本来は鹿児島田上町の人だが、戦後、仕事の挫折や生活上の転変が続いた果てに奄美の朝仁浜に居着いた云々といったことが触れてあり、これでずいぶんとその境涯が分かった。脇野氏の葬儀の時のことは、こう書かれている。

弱い精神ゆえに苦悩の生を閉じた素粒の葬儀は、朝仁の海水浴場の自宅でひっそりと行われた。宅地は砂丘の頂にあり、玄関から水際までの砂浜は百メートル近くのスロープで、汀は大きな湾弓を描き藍色の海は静かであった。

霊柩車を見送ったあと、その藍色の海原の果てるあたりを、飄然として見やっている島尾の大きな瞳の色は、作品のなかの弱さとは反対に、濾過された強靱な意志の澄みの色に感じられた。

あの大きな瞳の色の深い澄みを、三十一年経った今も忘れることができない。

脇野氏は一九一二年（明治四十五）の生まれだから、一九七四年（昭和四十九）に亡くなったのならば享年六十二だったことになる。氏は島尾氏よりも六歳上だった。そういえば、島尾氏は一九八六年（昭和六十一）十一月に六十九歳で死去した。来年（二〇一六年）で没後三十年になるのだなあ。

（二〇一五・二・二十）

久しぶりに奄美へ……………………島尾ミホ『海辺の生と死』

久しぶりに奄美へ行ってきた。

友人が、七月七日から九日にかけて鹿児島県奄美市や瀬戸内町で「島尾敏雄生誕一〇〇年記念祭」が催されるゾ、と教えてくれたのである。いや、それは面白い、ぜひ行ってみたくなり、思いきってイベントへの参加を申し込んだのであった。それで、そのことを奄美市在住の旧知の女性Nさんに電話で喋ったら、たちまちてきぱきと飛行機便やホテルの予約までしてくれて、大助かりであった。

島尾敏雄氏は一九一七年（大正六）に横浜市に生まれた後、神戸で育ち、長崎や福岡で学生生活を送る。第二次世界大戦末期に九州大学を繰り上げ卒業して特攻要員としての訓練を受け、第十八震洋隊（一八〇名余）の隊長として奄美の加計呂麻《かけろま》島に駐屯する。ここでの体験は、「孤島夢」「出孤島記」「出発は遂に訪れず」などの作品に書かれている。加計呂麻の基地にいて、爆薬を装填したボート（震洋艇）による特攻死を覚悟しながら緊迫の日々を過ごす一方で、現地の女性ミホさんと熱烈な恋をし、戦争が終わってからは結婚した。ところが、東京で生活するうちに自身の不倫がきっかけとなってミホ夫人が精神を病んだため、長篇小説『死の棘』（新潮社）に描かれたような壮絶な事態が生じ、名瀬市（現在の奄美市）へ移り住む。そして二十年間、名瀬の図書館長を務めながら創作活動を続けた。小説だけでなく、奄美での経験をもとにして日本列島を広く見渡す「ヤポネシア」論も展開したのであり、だから奄美と島尾文学は深い縁《えにし》で結ばれている。しかも生誕百年というだけでなく昨年（二〇一六年）は氏が亡くなって三十年目であったし、今年はミホ夫人の死（二〇〇七年）から数えれば十年経つこととなる。島尾文学や夫妻と奄美との関わりの意味を見直すためには、今度の「島尾敏雄生誕一〇〇年記念祭」は実にタイミング良いイベントとなったわけである。『島尾敏雄全集』（晶文社）等を開いて島尾作品を読み返したり、地図を見て胸をワクワクさせたりしているうちに出発の日となった。

七月七日、奄美空港へ着いたのが午後二時半過ぎであった。すでに奄美地方は梅雨明けしており、かんかん照りだ。暑いけど、じめじめしていなくて清々しい気持ちだ。バスに乗り込んで奄美市へと向かう。照りつける太陽の下、左手に紺碧の海が広がり、右手には砂糖黍畑や山々が続く。あちこちにアダンやパパイヤやガジュマルやらが見えて、ああ南島に来たなあと胸が弾み、ついつい頬が緩んでしまう。

一時間弱で奄美市の中心部へ着いた。宿へ入って、しばらく休憩。部屋で寛ぎながら、奄美へ来るのはこれで五度目かな、などと想いを巡らす。初めて来たのは、大学四年生だった一九七一年（昭和四十六）の真夏、鹿児島港から照国丸という船に乗り、人間だけでなく豚や牛やらもブーブー、モーモーと同宿する中で一晩過ごして名瀬港に着いた。港近くの民宿に泊まって一週間近く島の中をうろついたのだが、それは島尾敏雄氏の書いた小説やエッセイに促されてのことだった。大学の卒業論文はこの人のことを書く、と心に決めていた。島尾氏は、当時、名瀬市（現在、奄美市）の図書館長をしておられて、実際、行ってみるとちょうど氏の講話が行われているところであった。一番後ろの席で講話を聞き、手を挙げて質問もしてみたが、かといって近くに寄って行って直かにくわしく話を伺う勇気は出なかった。要するに内気で、引っ込み思案だったのだ。その代わり、暑い中、島のあちこちをテクテク歩き回った。よくぞ熱中症にならなかったものだ。へばりそうな時は、奄美特有の飲み物である冷やしミキを買って飲んで、元気を出していた。町はずれを歩いていると、あちこちでリズミカルな機織りの音が聞こえた。大島紬《おおしまつむぎ》である。それが、お昼の十二時にはパタリと止む。そして、午後一時が来ると、また一斉に聞こえはじめるのであった。家々の軒先に電灯が並んでいるのも珍しかったが、聞けばそれはハブ除けのためであった。ああ、ここはハブの棲息する島なんだ、と実感した。ハブとマングースが決闘する見せ物も名瀬郊外のどこかで観た。

滞在中、だいぶん遠くまで行ってみたこともある。名瀬港から西へ海岸伝いに歩いて、やっとの思いで峠を越えると、海水浴場へ出た。朝仁浜《あさにはま》である。そこの茶店に入ったら、ごっつい顔の店主がいて、店の奥には本棚があった。奥の方の棚に埴谷雄高や野間宏や島尾敏雄、吉本隆明といった人たちの本がギッシリ並んでいて、茶店としてはいささか異様であった。店の御主人は脇野素粒氏だった。脇野氏は郷土史家で、また俳人でもある。島尾氏はエッセイ「『エラブの礁』のために」（『島尾敏雄全集』第十七巻所収）の中で、脇野氏との交友は戦中だけでなく戦後も名瀬図書館の常連で来てくれていて、しばしば会うなど親密に続いた、と述懐している。脇野氏は、戦時中は加計呂麻島の第十八震洋隊に所属して島尾敏雄隊長の部下であったのだ。そして戦後は一度鹿児島へ帰っていたがまた奄美へ舞い戻り、商売のかたわら郷土史研究や俳句活動などをやっていたらしい。脇野氏から色々と話が聞けて、まったくあの時は運が良かったなあ、と、四十六年前のことが懐かしく思い出された。それから、民宿で食べた料理のことはあまり覚えていないが、黒糖焼酎のうまかったことと、それからパイナップルの味噌漬け、あれは珍しくて、カリカリと歯ごたえよかった、と、感触が今でも甦る。

そんなことを思い出しているうちに、Nさんが宿へ訪ねてきてくれた。彼女はかつて熊本市で旅行会社に勤めていたのである。快活な性格が誰にも好かれて、わたしらの行きつけの居酒屋カリガリの客の中でマドンナであった。彼女が十一年前に結婚し、奄美で式を挙げた折りには、熊本の悪友たちは団体で島へ押しかけて祝福したのであった。ロビーで久しぶりに会ったのだが、彼女は、「島尾敏雄生誕一〇〇年記念祭」第一日目の催しである映画「海辺の生と死」昼の部上映を観ての帰りであった。「とても良かったよ！」と目を輝かせて言う。それで、わたしも、夕方、その映画を観に奄美文化センターへ出かけた。観客は、たぶん千名を越えていた。島尾敏雄氏の書いたものや奥さんのミホさんの『海辺の生と死』（創樹社）などをもとにして作られた映画で、満島ひかり・永山絢斗主演、そして島の人たちもたくさんエキストラ出演している。上映に先立って監督の越川道夫氏と満島ひかりさんと島の子どもたちが登壇し、挨拶した。満島・越川両人によるトークショーも行われた。満島さんはキラキラ耀くばかりの女優さんだ。実際、映画は二時間半という長い作品だが、満喫できた。島の女性になりきった満島ひかりさんの演技がとても魅力的である。特に島唄をうたう時、あんまり上手くて自然で、吹き替えかと思い込んだほどだったが、そうではない。彼女はちゃんとマスターしてうたっていたのである。

上映終了後、すっかり満足していた。映画を見終えた人たちがガヤガヤとしていて、夜道は賑やかだった。宿まで三十分ほど、月や星屑を眺めながら、映画の余韻を愉しみながら、ゆっくり歩いて帰った。

（二〇一七・八・四）

加計呂麻島の浜辺を歩いた……………………島尾敏雄「加計呂麻島呑之浦」

七月八日、快晴。「島尾敏雄生誕一〇〇年記念祭」の二日目であり、この日は加計呂麻島散策ツアーが行われた。

午前八時二十分頃に集合場所の奄美市役所玄関前へ行ってみると、すでに大勢の人たちが来ていた。三十分後、参加者を乗せたバスが出発。わたしは申し込みが遅れた関係でそれには入れず、スタッフの人の車に乗せてもらった。約一時間で瀬戸内町の古仁屋《こにや》に到着し、瀬戸内町立図書館の島尾敏雄文学コーナーを見学した後、港へと移動すると、海上タクシーが次から次に参加者を対岸の加計呂麻島へ連れて行ってくれた。「タクシー」というが、要するに漁船程度の船が人を運んでくれるのである。乗っている間ずっと舳先に陣取って前方を眺めていた。海風がまともに当たって来て、実に涼しい、気持ちいい。ウットリするうち対岸が近づいて来る。

海上タクシーは十四、五分で加計呂麻島の押角《おしかく》集落へと着いた。船着き場の近くに、ミホさんの実家・大平《おおひら》家跡がある。そこは今はもうほとんど藪と化しているのだが、広い敷地だったそうだ。瀬戸内町在住の人による説明だけでなく島尾氏の長男で写真家の島尾伸三氏も来ていて、大平家当主の文一郎氏が地元の産業振興に多大に貢献していた話を詳しく聞くことができた。そのあと午前十一時半頃、参加者約百三十名は浜へ下りて、カラリと晴れた空の下、岬を経て第十八震洋隊の基地があった呑之浦《のみのうら》までの約三キロほどの浜辺を歩いたのである。チャーターされていた船で運んでもらう人たちもいた。浜辺は、はじめわりと踏み心地良い砂地だったが、やがて石ころが増え、岩場が現れ、「磯」の様相を呈してきてたいへん歩きづらい。「ここらはフナムシが多いですね」とか、「奄美に来ると、大空がほんとに近く見えますね。素晴らしい！」などと余裕の会話ができる人たちもいたが、わたしなんか汗ダクダク、へばりそうであった。もっとも、磯伝いに茂るアダンの木にはパイナップルのような実が生っていて色づいており、思わず見とれてしまった。

なぜまたこんな足場の悪い難所へ連れて行かれたかと言うと、映画「海辺の生と死」でも出てきたのだが、そこが若き島尾隊長とミホさんが夜間に人目を忍んで逢瀬を重ねていた一帯だからである。島尾敏雄氏の「はまべのうた」「出発は遂に訪れず」等に、そのことは幾度か書かれている。だが、隊長よりも押角に住んでいたミホさんの方が切羽詰まっていた様子が窺える。

しかし今私は夜更けてたった一人、禁制の島尾部隊へ続く浜辺を、しかも監視員たちのいる真下を歩いているのです。ああ、どうしたらいいのでしょう！　私は退きも進みもならず、渚のアダンの木の下にうずくまってしまいました。悲しみがどっと溢れてきて、父と母を心の中で呼びながらたすけを求めて泣きました。

ミホさんの著書『海辺の生と死』（創樹社）収載のエッセイ「その夜」の一節である。明るい昼間でなく夜の暗い中での行動だから、さぞかし難儀だったろう。しかも、これは島尾部隊が突撃へ向けて待機している夜のことなのであり、必死な様子が目に見えるようだ。浜辺を歩く途中、二人の逢っていた塩焼き小屋のあった場所も通過したが、無論、小屋の跡形はない。

そのようにして浜辺を、転げないよう用心しいしい辿りながら、――島尾氏の姿を初めて見たのは一九七一年（昭和四十六）の夏に名瀬の図書館に行った時だった。しかし、直かに面と向かって会話を交わしたのはその翌年の早春、東京でのことだったなあ、と思い出していた。わたしは大学卒業間近かだった。その頃、旺文社という出版社でアルバイトをしており、中学生向けの参考書や文庫本編集の手伝いをしていた。文庫の編集者に片倉俊太郎という人がいて、島尾敏雄で一冊出せば意義があるのではないでしょうかと提案したら、大いに乗り気で会社に企画を提出してくれた。後は作者の了承をとらねばならぬのだが、ちょうどその頃島尾氏が旺文社の近くに奄美から出て来て滞在しているとの情報が入った。それで、朝、まだ七時になったばかりだったろう。片倉氏と共に新宿区矢来町の宿に押しかけて、面会したのである。片倉氏は、「出発は遂に訪れず」を中心に旺文社文庫で一冊作らせてください、と熱心にお願いした。わたしも思いを口に出した。その宿というのが、実は新潮社の執筆者専用の宿舎であった。島尾氏は、原稿執筆のため奄美から出て来て泊まっていたのである。『死の棘』（新潮社）の中の「引っ越し」が書かれていた時期だったと思う。ともあれ早朝の、なんとも強引な訪問のしかただったにもかかわらず、氏は浴衣を着たままで蒲団の上に坐って会ってくれた。幸い、文庫の件は快諾を得ることができた。あの時は、嬉しかった。旺文社文庫版『出発は遂に訪れず・他八編』は約一年後に発売され、よく売れて、版を重ねた。島尾氏には、以後もわたしの最初の本『この指に止まれ』（葦書房）の帯文を書いてくださったり、雑誌「暗河《くらごう》」の編集を担当していた時期には石牟礼道子さん・松浦豊敏氏を相手に座談をしてもらったりしたのであった。そうしたことなどを思い出しながら、ほんとになにかとお世話になったなあ、と、溜息が出た。

途中で休憩したり、足もとが不安定で転げそうになったりしながら、呑之浦を目指した。一時間二十分ほどかけて浜辺を歩き、岬の鼻に当たるところを過ぎると、行く手に深く入り込んだ湾が見えてきた。そこが、呑之浦である。ようやく湾の奥の基地跡へ辿り着いたとき、もう、足がガタガタだった。特攻用の震洋艇が格納されていた幾つかの壕が、浜辺のそばの山壁にまだ残っている。その中の一つには、映画「死の棘」ロケの際に撮影用に作られた実物大の模型が置かれている。長さ五・一メートル、高さ〇・八メートル、幅一・七メートルで、さほど大きくないボートだ。しかも、ベニヤ製。これは本物もそうだったというから、哀しい。その壕や島尾敏雄文学碑を見て回り、島尾敏雄・ミホ・マヤの墓碑では手を合わせた。歩く途中で何人もの人と仲良くなったので、一緒に記念撮影もした。アダンの実を採取してきた人がいて、食わせてくれた。なんだかほの甘い感じだった。疲れはてて、スタッフの方たちが広げてくれたビニールシートにぐったり横たわる男性もいた。後で知ったが、『蜩ノ記』（祥伝社文庫）『秋月記』（角川文庫）等で知られる作家・葉室麟氏であった。そして、昼御飯。用意された弁当を受け取って、開きながら、考えた。島尾敏雄氏は敵艦に突撃して散ることを任務とし、日々を過ごした。立派に死ぬこと以外は考えてならなかった。一九四五年（昭和二十）八月十三日からは、出撃のためにここで即時待機したのである。ミホさんはミホさんで、必死の思いで夜の浜辺を辿り、島尾隊長の出撃の後には短剣で喉を突いて自決するつもりだった。そこへ、八月十五日になって不意に敗戦……、両人の当時の心の内を想像していると、胸が詰まってしかたがなかった。

一方で、足場の悪い三キロを踏破したなあ、という晴れやかな達成感があった。『島尾敏雄全集』第十七巻からコピーして持参してきた「加計呂麻島呑之浦」の一節を読み直してみた。

しかし今度の訪れでそれまでとは何か様子の変わっていることに私は気づいた。或るいは二日もつづけさまに訪れたせいかもしれないが、私の心の中から、呑之浦が廃址である思いが消え去ってしまった。入江岸などその半分ほどが自動車の通れる道路が整備されたために、山肌も削られてすっかり様子が変わってしまったにもかかわらず、私には呑之浦が昨日の今日のようにしか感じられなかった。部隊の本部跡も草ぼうぼう、隧道の入口前も灌木がさらに繁茂を加え、廃墟の思いの深まりそうな状況はむしろ深まっていたのに、私には歳月の経過が感じられなくなっていたのだ。

このエッセイは、最初、一九七五年（昭和五十）四月、「アサヒグラフ」に発表されている。戦後三十年経っての文章ということになる。島尾氏にとってここはいつまでも過去のものとならず、生々しく当時のことが甦っていたのであったろう。読みながら、実地に磯を辿ってみて少しでも臨場感が味わえたゾ、との満足感がこみあげてきた。それは、わたしだけだったろうか。いやいや、そうでない。弁当をつつきながら、参加者たちの間に、なんというか、和やかな雰囲気が生じており、多分お互い似たような気持ちであったのだ。

（二〇一七・八・二十二）

―たす―も知らないで……………………島尾伸三『月の家族』

七月八日の午後は、昼御飯が済むとまた海上タクシーが来てくれて、みんなを二十分ほどかけて同じ加計呂麻島の中の生間《いけんま》へ連れて行ってくれた。ここは波止場も埠頭もあって、ちゃんとした港である。すでにバスが待ってくれており、乗り込むと、バスはゆるゆると峠を越えて島の南側の諸鈍《しょどん》というところへみんなを運んで行った。その間、わずか十分しかかからなかったので、涼しい時季ならば歩いて行けそうな距離であろう。

そして、諸鈍の加計呂麻島展示・体験交流館の中で映画監督・小栗康平氏の講演を聴き、講演の後はその小栗氏が一九九〇年（平成二）に制作した映画「死の棘」の上映も行われた。講演は観念的で、正直なところ難しく、疲れていたせいもあってか眠たくなってしまう話であった。映画の方は、会場が狭くて全員は入れそうにないし、自分自身はすでに観たことがある。だから遠慮して、その代わり体験交流館内を見学した。ここは、平家落人の平資盛《たいらのすけもり》が村人に広めたとされる民俗芸能・諸鈍芝居《しょどんしばや》のことがよく分かるように展示されている。諸鈍芝居にはガクヤ入りから始まってサンバト（三番叟）、タカキ山など十一番の演目があり、その中でキンコウ節は「徒然草」の吉田兼好にちなんだ芝居、タマティユというのは人形劇だそうだ。コミカルなものもあるらしい。島の大屯《おおちょん》神社で旧暦九月九日に上演・奉納されるそうで、一度じっくり本物を観てみたいものだ。

展示物をひとわたり見終えてロビーで休憩していたら、島尾敏雄氏の長男・伸三氏がやはり寛いでおられた。それで、話しかけて、お父さんのことやご自身の幼少時のことなどをあれやこれやゆっくりと聞かせてもらえた。たくさんの話の中で、特に嬉しい収穫があった。それは、伸三氏が著書『月の家族』（晶文社）の中で回想している子どもたちの歌のことである。氏は一九四八年（昭和二十三）七月に神戸で生まれた後、やがて一九五二年（昭和二十七）三月に一家が上京し、東京都江戸川区小岩町に住む。それが、一九六〇年（昭和三十）になって名瀬市（現在の奄美市）へ移住することとなったから、伸三氏は転校して奄美小学校で学んでいる。それで、当時の名瀬市であるが、『月の家族』によれば同じ市内の学校でありながら商業地区に古くからある名瀬小学校と、後になって農業人口の方が多いところにできた奄美小学校は仲が悪かったそうだ。奄美小学校の子は名瀬小学校の子たちを「旧校野郎（キュッピ・ダグ）」、反対に名瀬小の子は奄美小の子たちを「新校野郎（シンコ・ダグ）」というふうに互いに罵っていた。しかも、歌にまでしてバカにし合った。


一年生や幼稚園の子供にまで対抗意識があって、どこの誰が考えついた歌なのか、

「ナゼコーの先生はー♪、一たす一を知らないでー♪、黒板叩いて泣いていたー♪」

という歌を唄って歩いていました。

「ナゼコーの先生は、本当に一たす一を知らないの？」

と、小学校の裏の校庭にあった奄美幼稚園へ通う妹が、本気で尋ねるのでした。


この部分を読んだ時、アッと声をあげてしまったのである。「どこの誰が考えついた歌なのか」とあるが、ほんとにこの罵り歌はいつどこで、どんな子たちがうたいはじめたのであったろう。実はわたしなども経験しており、少年の頃つまり昭和三十年代、熊本県人吉市で、東小学校生と西小学校生が球磨川の支流の一つ山田川を挟んでいがみ合っていた。東小学校区にいたわたしたちは、川べりから対岸へ向かって、「西校の先生はー♪、一たす一も知らないでー♪、黒板叩いて泣いているー♪」と声を張り上げていた。つまり、相手そのものを貶《けな》せば良いようなものを、なぜか相手校の先生を愚弄《ぐろう》するという発想なのである。喧嘩をする前にファイトを燃やすには、これがいつも必要だった。

それで、歌い方だが、四拍子で「レドレ、レドレー♪、ミソソミ、ミレミー♪、ミミソミ、ミレミー♪」というふうになる。これを伸三氏の前で口ずさんでみたら、目を輝かせて、

「はいはい、そういう歌い方……」

とのこと。いやはや、それならばあの頃、奄美の子も人吉盆地の子も似たような発想の詞を、それもまったく同じ節回しで歌い上げて、相手校への対抗意識を燃やしていたことになる。嬉しくなるではないか。

しかも、実は黒木重太郎著『村の風土記』(私家版)という本によると、一九四五年(昭和二十)、戦争が終わる直前の宮崎県東郷村(現在の日向市)幸脇《さいわき》国民学校の生徒たちは、耳川を挟んだ対岸の余瀬《よぜ》村(現在、日向市)の子どもたちと盛んに石投げ合戦をやっていた。その折り、双方で「○○学校の先生は、一たす一を知らないで黒板たたいて泣いていた」と声を張り上げ、罵りあっていたという。他にも九州内でいくつか事例が確認されており、どうもこの歌は少なくとも九州内の各地で、戦争が終わろうとする頃にはすでに結構流行《はや》っていたものと思われる。島尾伸三氏と語り合って、そのような共通の話題に触れることができた。

その日は、奄美市へ戻ってからはNさん一家と会った。誠実で働き者の御主人に久しぶりに会えたし、二人の娘さんがまたまことにかわゆい。娘さんたちが大好きだという名瀬港近くの回転寿司屋へとおもむき、みんなでたらふく寿司を食って、ワイワイはしゃいで愉快に夜を過ごしたのであった。

(二〇一七・八・二十八)

街なかでミキを飲む……………………………………小野重朗「第四の酒」

今度の奄美旅行では、「島尾敏雄生誕100年記念祭」の催しへの参加だけでなく土地の名物も愉しむことができた。第一、三連泊したホテルでは、朝食はバイキングであるが、その中に嬉しいことに鶏飯コーナーもあったのだ。これは、茹でてから細くほぐした鶏肉、金糸卵、煮しめた椎茸、パパイアの漬け物、ネギ、刻み海苔等の具材を御飯にトッピングし、季節によっては香り付けにタンカンの皮の刻んだのも添える。そこへ、鶏スープをかけてサラサラと食べるのである。お茶漬け感覚で食するので、酒を呑んだ後のメや暑い夏に食欲が減退している時など、ありがたい料理である。これを三日連続、しかも自分の好みで具材を加減して食べることができた。

それと、ミキが飲めた。

七月九日、午前中は何も用事がなかったので宿の自転車を借りて町の中へ出てみた。太陽が照りつけて暑いけど、自転車ならば結構あちこち見てまわれる。永田橋市場・末広市場は一度入ってみたことがあり、戦後の雰囲気を遺している。中に入って色々の店を見てみたかったが、あいにく時間がまだ早すぎてヒッソリしていた。旧図書館跡は面影がないものの、すぐ横の島尾敏雄旧居が保存され、庭に文学碑も建てられている。そのようにあちこち巡りながら、旧図書館跡では、一九七一年（昭和四十六）の夏に初めて来た折り、近くの雑貨屋の店先に「冷やしミキあります」と書いた紙がぶら下げてあったなあ、と思い出されて懐かしかった。ミキって何だろうと店へ入ってみたら、白い色の飲み物がコーラやサイダーの瓶に詰められ、冷やして売ってあったのである。買って飲んでみると、強いていえば本土の甘酒のようなものである。でも、やはり違う。ヨーグルトに似た味わいでもある。「ミキ」に漢字を当てるなら、「神酒」とか「御酒」が適当だろうか。しかし、後になって知ったことであるが、甘酒と違って麹菌を用いない。うるち米とサツマイモで乳酸菌発酵させる独特のやり方なので、民俗学者の故・小野重朗氏は著作集『南日本の民俗文化Ⅲ　生活と民具』（第一書房）収載の「第四の酒」「奄美のミキと第四の酒」の中で、このミキは口噛み酒でもなく麹などカビを利用して作る酒や麦芽に含まれる酵素を利用して作る酒でもない。だから「第四の酒」と見なすべきだ、と提唱している。もっとも、ミキは販売される時に酒類には入らない。賞味期限を越えれば若干のアルコール成分が発生する。だから、その頃合いを狙ってわざと売れ残りを買おうとする人がいるものの、基本的には甘酒と同じである。しかも、甘酒よりも飲みやすくて、甘くて、なんだか元気が出るのだった。聞けば、奄美の人たちは冷やしたミキを夏場に好んで飲むのだという。以来、ミキのファンになった。だから、『山里の酒』（一九九九年、葦書房刊）という本を書いた時には、アルコール飲料ではないこの飲み物のこともわざわざ取材しにやって来て、一編まとめたのであった。

しかし、今回、「冷やしミキあります」との掲示は見かけなかった。では、どこに売ってあるだろうか。酒屋さんに訊ねてみたが、置いてない。やはり「酒類」ではないのだ。スーパーマーケット、あるいは製造元へ行けば確実だ、とのことであった。あいにく、マーケットが開くにはまだ時間が早すぎたので、それならば製造元へ行ってみようか。『山里の酒』の時に取材させてもらった花田ミキ店は、港の先の方の佐大熊《さだいくま》で、ちょっと遠い。でも、確かNさんは東米蔵《ひがしよねぞう》商店のは味が良い、と言っていた。それで、路地で椅子に坐って雑談している四人のお爺ちゃんお婆ちゃんに聞いてみたら、

「アゲー、それならば、わりと近くだ」

と簡単に教えてくれた。言われた通りに二つほど角を曲がって行ったら、幸町《さいわいちょう》に東米蔵商店はあって、お婆ちゃんと若い女の人がいた。一本買いたいというと、

「ミキは、今日は予約でいっぱいで……」

とのこと。しかし、冷やしていない一千ミリリットル紙パック入りの製品ならば一本だけある、という。ありあわせのサイダー瓶やコーラ瓶に入れるようなことは、あれはもうはるかな昔の話であり、現在は紙パックか専用の瓶に詰めてしか販売しないそうだ。それで、その紙パック入りを売ってもらったが、値段が三百円。安いものである。

宿へ戻る途中、路地を通って、さっきの人たちに、

「おかげさんで、買うことができました」

と報告した。

「アゲー、それは良かった」

と喜んでくれたが、椅子に坐っていた男の人が、ボソリと、

「しかしなあ、東のミキは、カタイから」、愚痴をこぼすふうに言うのである。

「エッ、カタイって？」

わたしは訳が分からない。そんなやりとりをしていたら、気さくな女の人がフイと自分の家に入って行ったかと思うとコップにミキを入れて持ってきてくれて、なんということ、

「これはカタクナイ方のミキ」

と差し出してくれたではないか。わたしだけでなく他の人たちにも注いでくれるのであった。飲んでみたら、サラッとしていて、そうか、ではカタイっていうのは粘っこいというほどの意味なのか。今飲んだミキはサラッとしているからカタクナイ……、ようやく了解できたのであった。なんにしても、ヨーグルトっぽい不思議な飲み物だな、とあらためて思う。女の人が飲ませてくれたミキは、奄美市の郊外で作られているのだそうであった。

「いくつも製造元があるが、一軒一軒違うからなあ」

一番年上に見えるお爺ちゃんが笑いながら言った。どこの製造元のミキを飲むかはめいめいの好みということになりそうだが、

「アゲー、しかし味はやはりカタイのが良いゾ」

「でも、喉の通りが悪いのはねえ」

「そうは言うても、うまくないとねえ」

「病気して入院したら、欠かせない飲み物だからね」

などとミキ談義がはずむ。こんなことがあるから旅って止められないな、と思う。ミキは、夏場に暑さで食欲が減退した時に老いも若きも飲むし、特に病人や御老人などはおかゆよりも栄養が補給できて愛飲する人が多い。季節に関わりなく売られているが、特に夏は盛んに飲まれるのだそうである。奄美地方ではソウルフード、いやソウルドリンクなのだなあ、と感心する。

ちなみに、わたしの読んでみた限りでは、島尾敏雄氏の著作にも、また奥さんのミホさんの書いたものにもなぜかミキのことは登場しない。あまり好みではなかったので、島尾家ではミキを買うことはなかったのだろうか。それともなじみすぎて文章を書くときの話題にならなかっただけだろうか。昨日は長男の伸三氏と語り合う時間が持てたが、このことも詳しく聞いてみればよかったかな、——などと、路地でミキを味わい、会話を愉しく聞きながら、考えたのだった。

街巡りを終えてからは、十一時半には港の漁業協同組合の女性部が運営している「奄美小町」という可憐な名前の食堂に入り、新鮮な刺身をつかった定食で昼飯を済ませた。店で働いている「小町」さんたちはかなり年増だが皆元気で、親切で、愉しく食事ができた。

そして、午後、Nさんが迎えに来てくれて一緒に鹿児島県立奄美図書館へ出かけ、ノンフィクション作家・梯久美子さんの講演と六名によるシンポジウムを聞いた。会場には三百名近く聴衆が来ていて大盛況である。それでだいぶん後ろの方に坐ったため、よく聞き取れないのであった。でも、梯さんの話は労作『狂うひと——「死の棘」の妻・島尾ミホ』(新潮社)に書いてあるようなことが多かった。島尾敏雄氏はミホさんを通して南島の濃厚な文化風土に目覚めていったし、ミホさんは夫との生活の中からやがて書き手としての目覚めを果たしたという、梯さんの視点はそのようなところがはっきりしている。シンポジウムは、司会者を含めて六名なので、これは多すぎる。一人宛の意見発表時間が短くて、じっくり喋る余裕がない。司会進行もやや融通に欠けるところがあり、物足りなかった。

催しが終わって、図書館の傍のコーヒー店へ立ち寄った。そこはNさんの行きつけの店だそうで、コーヒーがたいへんおいしかった。奄美へ来るとなんでも美味だな、と感心した。

それにしても、七月七日の「海辺の生と死」上映、八日の加計呂麻島散策ツアー、そして九日の講演とシンポジウム、いずれも参加者がとても多くて圧倒されるような思いであった。奄美地方においていかに島尾敏雄氏の人気があるかが良く分かる。いや、正確ではない。ミホ夫人のことも含めて考える必要があろう。お二人の生きた軌跡が、奄美の人たちにとって指標となっているものと見てよい。

夜は、奄美観光ホテルで懇親会が行われた。Nさんは家のことが忙しくて参加できなかった。三千円会費のその懇親会に参加したら、アトラクションが凄くて、奄美を代表する唄者・西和美さんが島唄を二回に分けて何曲も唄ってくれたし、また別の人が沖縄舞踊を舞ってくれた。西さんの唄はご自分がやっておられる島料理の店で何度か聴かせてもらっているし、熊本市でライブが行われたときも愉しませてもらった。西和美ファンとしては思いもかけずみっちり堪能するこ

とができたので、後でNさんにそのことを報告した。Nさんは、

「アゲー、それは豪華ですよ。そんな豪華な顔ぶれは滅多に見られないですよ！」

と羨ましがっていた。

昼は土地の人たちのミキへの親しみぶりに触れたし、講演・シンポジウムも聴いた。夜は夜で南島の唄・舞踊を満喫したので、実に濃厚な一日であった。


（二〇一七・九・四）

最後に買い物……島尾敏雄「名瀬だより」

七月十日、朝。もう「島尾敏雄生誕一〇〇年記念祭」も昨日で終わってしまい、今日は帰らなくてはならない。名残惜しくて、午前五時過ぎには外へ出てみた。宿の前の道路を、若い男女たちがぞろぞろ歩く。盛り場で呑んで、騒いで、今帰るところらしい。電信柱脇に寝っ転がっている者もいる。夜通し飲んだ果てに酔いつぶれたのだろうが、しかし、それにしては気持ちよく寝入っているふうだ。昨日の朝はこういうのを二人見かけたし、一人はお巡りさんから「もしもし、起きなさい」と起こされていた。奄美では、夜を徹して飲酒する若者は多いのかも知れない。なにせ名物の黒糖焼酎はラム酒同然で、ほんとにうまいからなあ。

港を目指して歩いていると、河口付近にパパイアの自生しているのを見かけた。実もつけていて、まだ青いけれどもソフトボールほどの大きさで、こういうのが漬け物やサラダに用いられる

のだろうか。港へ出ると、ちょうど魚市場で競りが始まろうとしていた。大小さまざまな魚が並べられていく。ソージ、タバ、ネバリ、アオマツ、ホタ、エラ、ザツ等々、魚の名前を教えてもらったが、分かったのはタコだけだ。原色のものが多くて、カラフル。見ていて愉しい。

朝飯に奄美の代表的料理である鶏飯を食べてゆっくり寛いで後、十時にチェックアウト。Nさんが、忙しい中を駆けつけて、土産などの買い物につきあってくれた。昼近い街はすでにかんかんに日が照って、暑い暑い。しかし、なぜかさわやかだ。スーパーマーケットに入ると、Nさんの近所に住むお婆ちゃんに出会わして、しばらくは和やかな会話が交わされた。これに限らず、歩いているとあちこちでNさんの知り合いがいる。やはり彼女は土地の人なのだ。前日ミキを買いに行った東米蔵商店へも立ち寄ったら、嬉しいことに顔を覚えてくれていた。ちなみに東米蔵商店はミキだけでなく餅や赤飯も製造・販売するが、奄美ではこの餅・赤飯を売る店も結構多い。それから、歩いていて、織物をする家も数軒見かけた。一九七一年（昭和四十六）に来た時のような盛んな機織りの音は聞かれなかったが、やはりまだ大島紬は健在なのだろう。つき揚げ屋では、魚市場で見たようなカラフルな色のタルメ、アカマツ、アカウルメといった魚が原料に使われているのだそうで、うまい。薩摩揚げのような甘たるさがないのが嬉しい。怖かったのは、ハブ屋だ。一九四八年（昭和二十三）創業の老舗だそうで、生きたハブが置いてあるわけではないものの、奄美で捕れたハブを原料にして作られた革小物・骨・牙装飾品・粉末・油などが売ってある。自家焙煎のコーヒー店やケーキ屋へもNさんが連れて行ってくれて、こういうふうによそから来た者へ推奨できる店がふんだんにある、というのは奄美市の生活文化がどういうレベルであるかが窺えておもしろい。

その極めつけが、昼飯を食べに行った時であった。Nさんは港の近くのカレー店へ連れて行ってくれたのである。ぜひ食べさせたかった、と彼女は言う。そこのカレーは、奄美大島で栽培された生うこんをベースに作られるのだというが、食べてみると果たしてたいへんおいしかった！ そのような腹ごしらえをしてから、おもむろに奄美空港へとバスに乗ったのであった。空港の売店に冷やしミキが瓶詰めで売ってあったから、奄美への感謝のしるしに小瓶を買って飲んだ。

＊

旅のレポートをまとめながら『島尾敏雄全集』（晶文社）第十六巻所収の「名瀬だより」を読みかえしてみたが、こういう記述がある。

ここ一、二年のあいだに、名瀬市は急速に都会らしくなった。人口もふえた。したがって専門店も次第に現われているが、眼につく店舗の多くは今なお、食料品店と日用雑貨店と八百屋、果物屋、菓子屋、化粧品店、荒物屋などを兼ねた百貨小店舗である。一般に市民はそういう店屋に出かけて行って日々の買い物をすませるわけだ。店先での応対は概して無愛想だ。つい昭和の初めあたりまで、名瀬では客の方が「ありがとうございました」（もちろん島の言葉でだが）と言っていたという。

ほう、名瀬の商店の人はそんなに威張っていたのだろうか。引用文に続けて、島尾氏はこの「無愛想」の意味合いについて解き明かしているのだが、それは、近代に入って、当初、名瀬で商店を経営する者は鹿児島人が多かった。鹿児島人と奄美地方に関しては歴史的な経緯がある。彼ら鹿児島人は奄美の土着の人たちに対して優越意識があり、横柄にならないわけにはいかなかったので、「そのことがあるいは無愛想な名瀬商法の伝統をつちかうのに力を貸したかも分らない」と島尾氏は述べている。へーえ、と思った。この文章は一九五七年（昭和三十二）に発表されており、当時の名瀬市つまり現在の奄美市では各店でこのような愛想のない応対が見られていたわけだ。土地の人たちにとって、取るに足らない日常茶飯事。だが島尾氏はすかさず感じ取り、文にして遺したのだ。そしてそれは、今となってはすっかり様変わりしてしまったのだろう。いや、ほんとのところはどうだろうか。わたしの場合、今度の旅では「島尾敏雄生誕一〇〇年記念祭」の催しの合間にかなりまめに奄美市内を巡ってみたが、印象は逆で、店の人から愛想のない応対を受けることはなかった。でも、たった三泊四日の旅行で深いところまで触れるのは無理かも知れない。ともかく、少なくとも島尾氏の文が書かれた昭和三十年代前半の奄美では、「無愛想」な商店が主流だったのであろう。

島尾氏の書いたものに文学的価値があるというのは論を待たないところであるが、さらにこうして時代の記録としても価値が出てきているのだなあ、と思わざるを得ない。（二〇一七・九・十三）

還

石牟礼道子

いれかはるなり……………………石牟礼道子『歌集　海と空のあいだに』

このところ秋も深まりめっきり冷えてきたので、例年のとおり屋根裏部屋へ移った。そして、今、石牟礼道子氏の『歌集 海と空のあいだに』（葦書房）を読んでいる。

ひとりごと数なき紙にいひあまりまたとじるらむ白き手帖を
おどおどと物いはぬ人達が目を離さぬ自殺未遂のわたしを囲んで

石牟礼氏は若い頃さかんに短歌を詠んでいて、実に良い歌が多い。一首目は十七歳頃、二首目もやはり十代の終わり頃の作だそうだ。溢れ出てくる思いをうたったり、自殺願望の自分に苦しみつつ、そのような自分を五七五七七の中に封じ込めている。この人は最初からちゃんと歌人だったと言えよう。

中でも、その本領が如実に表れるのは、祖母を詠んだ作品ではなかろうか。

白き髪結はへてやれば祖母《おほはは》の狂ひやさしくなりて笑みます
狂ひゐる祖母がほそほそと笑ひそめ秋はしづかに冷えてゆくなり
狂へばかの祖母の如くに縁先よりけり落さるるならむかわれも

心を病んで久しい祖母へ気遣い以上に熱い気持ちで手を差しのべているわけで、ばばさまが自分か、自分がばばさまか。祖母のさまよう世界は、作者の心といつも隔てなく通い合い、同化しているふうである。だから、

雪の辻ふけてぼうぼうともりくる老婆とわれといれかはるなり

これは直接自分の祖母のことを言っているのでなく、「老婆」は単に「老婆」なのかも知れな

い。ただ、雪降る辻にあって「老婆」と「われ」とが入れかわる、というのである。夢うつつのようなことが詠まれているのだが、石牟礼氏の歌を読んできた目にはなんだか現実味を帯びて感じられる。ああ、作者はわりと自然に目の前の人と「いれかはる」ことができるのではなかろうか、という気がする。石牟礼氏には、同じ趣向で「あっけらかんの舗道《みち》かわくときいれかはる白髪なびく老婆とわれと」という歌もある。

『苦海浄土』（講談社）をはじめとする石牟礼氏の散文作品群を読むと、登場する人たちの語りがどこまで実際のことでどこからが作者のフィクションなのかが判別つかない。でありながら、全体がごく自然な語りとなっており、作者は登場人物たちに同化し得ているのである。ルポルタージュでありながら、ルポルタージュを超えている。そのように不思議な魅力を湛えているのだが、若い頃の短歌、特に「老婆とわれといれかはるなり」にすでに同質のものがあるような気がしてならない。

（二〇一二・十・二十六）

「のさり」について……………石牟礼道子『葭の渚　石牟礼道子自伝』

石牟礼道子氏の自伝『葭の渚』（藤原書店）が、とてもおもしろい。三百九十一ページの大冊だが、一気に読み通した。

熊本県の下天草島で生まれ、程なく水俣へ移り、はじめは町なかで生活した後、やがて海辺の方の通称「とんとん村」や猿郷《さるごう》で暮らす。ここが書名の示す「葭の茂る渚」だったわけである。若くして代用教員になり、結婚し、ものを書くようになる。水俣を二分する程の騒ぎとなったチッソの安定賃金闘争に一市民として関わったり、「奇病」と呼ばれていた水俣病の実情に接して深く関与したりする中から、この作家の本格的な執筆活動も始まってゆく。水俣病を描いた『苦海浄土』（講談社）で世に出て以後、たくさんの作品を生み続けてきたことは広く知られているが、そのような作家自身の幼時から今までが存分に語られている。

石牟礼氏の育った水俣川の河口近くの村の昔を回想する場面が、本書の中で最も印象深い。葭の茂る間を、幅二メートルほどの小さな川が流れていた。現在ではコンクリートで塗り固められ、悪臭を放つドブでしかないが、きれいな水が流れていた頃、どのような場であったかといえば、

川筋はいつもにぎわっていた。洗濯にくるお内儀《かみ》さんや、手網の柄《え》を持った少年たち、ウナギ籠を持った男の人などなど。お内儀さんたちが洗濯物をかかえて集まると、井戸端会議ならぬ、川端会議が始まり、高い笑い声が田の面《も》を伝って聞こえてくる。誰々さんの声だとすぐに分かるのだった。誰の家で何が起きたかも。

そこは村のコミュニケーションの場であり、洗濯場であり、ウナギ漁のできるポイントであった。子どもたちはエビやフナを掬って、女の人たちはシジミを掘った。つまり水俣の方言でいう

「のさり」である。これは「天からの授かりもの」という意味で、幸運や不運・不幸も含めてそう表現するのだが、獲物は家で御飯のおかずとなった。

「食物採集は仕事というより、牧歌的気分を伴う遊びでもあった」

と石牟礼氏は述べる。童女は、とんとん村で人間たちが自然と共生するさまをたっぷりと見て育って感性を蓄えたのである。

こうした下地があるから、水俣病問題に係わる中で石牟礼氏は漁民の杉本栄子さんのいう独特の「のさり」観にも感応できるのだと思う。水俣病患者として苦しみ、闘った末に、杉本さん一家は「のさり」ということを積極的に受け止めようと発起する。

「人を恨むな。人は変えられん。自分の方が変わらんば」

と考えるに至るのである。だから、晩年の杉本栄子さんはしきりに「水俣病はわたしののさりだ」と口にしていたという。

石牟礼氏もまた、とんとん村での牧歌的な「のさり」を超えているはずである。だから杉本栄子一家の考え方に正当に感応することができるのであり、石牟礼文学世界にはこうした深さと強さがある。そう痛感した。

（二〇一四・二・十九）

石牟礼道子さん逝く……………………………………石牟礼道子『西南役伝説』

石牟礼道子さんが二月十日に亡くなられた。三月十一日の誕生日を間近かにしての、享年九十であった。

前日、寒かったが良い天気であった。八代市立図書館主催の文学散歩ツアー案内役だったから、三十四名の参加者と共に朝から人吉市方面へ出かけた。ぽかぽかした陽気の元、愉しい時間を過ごして夕方に帰宅したら、女房が、熊本市の渡辺京二さんから石牟礼道子さんの容態が悪化したとの電話があった、という。その夜、気がかりでなかなか寝つけなかった。夜が更け、日付けが二月十日となった。明け方近くの午前五時頃になってインターネットを覗いてみたら、エッ、石牟礼さん死去とのニュースが出ているではないか。午前三時十四分だった由。愕然とした。じわじわとこみ上げてくるものがあって、頭の中で色んなことが去来した。長い間パーキンソン病で苦しんできた石牟礼さん。このところ体が弱り気味であったからこの日が来るのはいたしかたないと思っていたものの、いざ亡くなられると込み上げてくるものがあった。

この二月十日はずっと雨で、湿っぽい一日となった。十一日と十二日は断続的に雪が降って、ひどく寒かった。家族葬をなさるということだったが、熊本市真宗寺での十一日の通夜も、十二日の告別式も、女房ともども参加させてもらった。

石牟礼さんに初めてお会いしたのは、渡辺京二氏の記憶では一九七三年（昭和四十八）十二月二十二日か二十三日だったそうである。実は自分ではよく覚えていないのである。ただ、その年の八月に石牟礼道子・松浦豊敏・渡辺京二氏が中心になって季刊誌「暗河《くらごう》」が創刊されたのだが、わたしがこの暗河の会に加入したのは二号か三号目ぐらいの頃である。当時熊本第一高校で国語の教師をしていた福山継就という人に連れられて、暗河の会の溜まり場カリガリに行った、それが「一九七三年（昭和四十八）十二月二十二日か二十三日」であろうかと思われる。そして、翌年七月発行の第四号に「島尾敏雄序論（1）」を載せてもらっている。まだそれが載る前であったが、「暗河」の合評会が行われた際に出席し、石牟礼道子さんの連載「西南役伝説」について感想をレポートさせられた。わたしは、『苦海浄土』（講談社）を含めて「暗河」のその連載も庶民の描かれ方が美しい。なんでそのように描かれるのかよく分からない、といった趣旨の発言をしたのだった。そうした感想は後になって、いや違う、あれは絶望の深さがそうさせているのだなあ、と考えを改めていくが、当時はまだ石牟礼さんの紡ぎ出す世界に感動しながら違和感も持っていたわけだ。そうしたら、わたしの感想をその場で聞いていて石牟礼さんは「この人、同人雑誌を渡り歩いているようなブンガク青年ではないかしら」と、それこそ違和感を覚えたのだそうで、これはだいぶん後になって他の人から知らされた。

しばらくの間、石牟礼さんから声をかけられることも特になく、こちらも遠慮があるから会合で会っても挨拶する程度でしかなかった。それが、ある日、急に石牟礼さんがフレンドリーに接してくださるようになった。なんでそうなるのか不思議というよりも、なんだかホッとした気持ちでカリガリに出入りするし、「暗河」の編集作業にも深く関わることとなった。一九七五年（昭和五十）四月には熊本商業高校定時制から多良木高校水上分校へ転勤になったが、それからは毎週土曜日に学校の授業が終わると熊本へ出て行ってカリガリで「暗河」の編集をする。そして熊本市薬園町の石牟礼さんの仕事場に泊めてもらい、日曜日には球磨郡水上村の職員住宅へ戻る、という生活をするようになった。女房は女房で熊本ＹＭＣＡの英語講師をしていたから、毎週金曜日に熊本へ出てやはり石牟礼さんのところに泊まり、日曜日にわたしと共に水上村へ帰るのである。つまり、夫婦してすっかり石牟礼さんのところにお邪魔してしまう生活が、そう、あれから四年間続いた。

まったく、そのようなことをはじめとして水俣市の御自宅に泊まらせてもらうやらわが家にも来てくださるやら、あるいは取材旅行にご一緒するやら、何やらかにやら、この四十有余年お世話になりっぱなしだったなあ、と、感謝するばかりである。女房は石牟礼さんの身の回りのことなどお手伝いすることが多かったからいいものを、わたしは何の役にも立たない。ただ呑んだくれるだけで、申し訳ないばかりであった。

それにしても、なぜ石牟礼さんはある時から急にフレンドリーになったのか。その訳を、数年経って渡辺京二氏から明かされたことがある。それは、ある日、石牟礼さんや渡辺氏たち数人がタクシーで熊本市の渡鹿《とろく》踏切というところを通過中、たまたまわたしが自転車を漕いで熊本商業高校方面へ向かっているのを見かけた。その時のわたしがとてもニコニコ、ニヤニヤして無防備な顔つきだったから、「前山という人、ああいう方なのですね」、タクシーの中は笑いが渦巻いたのだそうであった。「あれ以来、石牟礼さんはあなたへの警戒感が消えたのだそうだよ」と渡辺氏がおっしゃった。いや、自分でもその時のことは確かに覚えがあった。

それは、まだ熊本商業高校定時制に勤務していた頃、午後からの勤務であるから午前中はヒマである。私立の東海大学付属第二高校（現在の熊本星翔高校）からの依頼があって、午前中、非常勤講師として授業をしに行っていた。非常勤だから、授業した時間数の分だけ報酬を受けていたのだが、ある日、給料日でもないのに事務室から呼び出された。そして封筒を渡され、ボーナスだという。おや、ま、非常勤講師にもそういうのが出るのか。封筒の中身を覗いてみたら、当時の自分の給料の半額相当が入っていてビックリ。何という幸運、棚からぼた餅である。これをどう使うか、貯め込むか、自転車で東海大付属第二高校を出て、ペダルを漕ぎながら熊本商業高校へとおもむく道すがら、あの時のわたしは確かに他愛もなく頬が緩みっぱなしであった。そのような、まことに気合いの入らぬ無防備な状態のわたしを、タクシーの中から石牟礼さんたちに存分に観察されてしまっていたのであったとは……。

――こういうことを発端として、あれやこれやと思い出は尽きない。

石牟礼さんは、パーキンソン病に苦しめられるようになってからも作家としてずっと現役であった。昨年（二〇一七年）の秋頃に女房共々お見舞いに行った時、聞き取りにくい声だったが「もう生きるのには飽き飽きした」と呟かれた。しかし、そのすぐ後で「まだまだ書きたいことがいっぱいある」との力強い一言、これははっきり聞こえた。双方、矛盾するようであるが、しかし双方とも本音であったろう。最後にお会いしたのは十二月二十五日で、やはり女房と一緒だった。石牟礼さんは、その時はひどく窶《やつ》れて痛々しかった。

石牟礼さん、本当に本当にたくさんお世話になりました。安らかにお眠りください。

（二〇一八・三・九）

石牟礼道子の短歌時代……………………『歌集　海と空のあいだに』

この頃、与謝野晶子、若山牧水の短歌について読んだり考えたりしていたが、そんなことをやっているうちに今年の二月に九十歳で亡くなった石牟礼道子さんのことが浮かんできた。

晶子も牧水も、若いうちに青春をめいっぱい謳歌する作品を詠んで世の注目を集めた。今でも何かにつけて彼らの秀歌は話題になる。しかしながら、読者が年齢を重ねた後に読み直してみると、「やは肌のあつき血潮に触れも見でさびしからずや道を説く君」（与謝野晶子）にしても「けふもまたこころの鉦《かね》をうち鳴《なら》しうち鳴しつつあくがれて行く」（若山牧水）にしても、「若い者は恥ずかしげもなく歌い上げるもんだなあ」とついつい言いたくなってしまう。だが、石牟礼さんの場合、だいぶん違うと言わざるを得ない。

ひとりごと数なき紙にいひあまりまたとじるらむ白き手帖を

『歌集 海と空のあいだに』（葦書房）の巻頭を飾る作品だ。「友が憶えゐてくれし十七のころの歌」との詞書がついており、してみれば石牟礼さんは一九二七年（昭和二）三月の生まれだから、これは一九四四年（昭和十九）かその翌年頃の詠であろう。短歌作品としてすでに修辞がしっかりしており、この人は最初から高いレベルに達していたと言える。それにしても、独り言を「数なき紙」に書きつけて、まだ言い足りない想いがある、というのは、なんだかもどかしい気持ちを引きずりながら手帳を閉じるのであろうか。若い時分ならではの堂々巡りの煩悶が想像される歌で、いわばこれがこの人の「青春」像であろうか、などと推測しつつ読み進めると、この時分から一九四六年（昭和二十一）にかけてまだまだ穏やかでない作品が現れてくる。

この秋にいよよ死ぬべしと思ふとき十九の命いとしくてならぬ
死ぬことを思ひ立ちしより三とせ経ぬ丸い顔してよく笑ひしよ
おどおどと物いはぬ人達が目を離さぬ自殺未遂のわたしを囲んで
まなぶたに昼の風吹き不知火の海とほくきて生きてをりたり

考えられるのは、先の「ひとりごと」はどうも自殺願望と不可分の関係にあったようなのである。実際、自殺を試みて未遂に終わり、そのような自身を省みた歌が連作のようにして詠まれているわけである。与謝野晶子や若山牧水の浪漫的青春詠と比べて、なんという息苦しさであるか。その後、石牟礼さんは一九四七年（昭和二十二）三月に石牟礼弘氏と結婚し、翌年十月には長男・道生さんが生まれる。家庭に入り、母親となったわけだ。その時期の作品には次のようなものがある。

白き髪結はへてやれば祖母《おほはは》の狂ひやさしくなりて笑みます
うつむけば涙たちまちあふれきぬ夜中の橋の潮満つる音
かたはらにやはらかきやはらかきものありて視れば小さき息をつきゐる
リンリンとキャンデー売りが走つてく来年の秋かつてあげるよ
玉葱の皮なんぞむき泣いてゐたそのまに失つた言葉のいくつ

三首目・四首目は「吾は母となれり　道生と命名したり」との詞書がついて、自分の子への深い愛情が表現されている。なかなか可愛らしい、魅力ある母親ぶりである。ただ、五首目には日常生活の中にあって懸命に日々を過ごしながら、しかしながらその間に自分は大切なものを失ってしまっているのではないか、との痛切な思いが表明されているのである。こういう思念・感性は意図して湧くのでなく、持って生まれた不幸な魂というか、感受性の過剰な豊かさがこのような歌を生んでいる。
石牟礼さんは『歌集 海と空のあいだに』の巻末にあとがき代わりの一文「あらあら覚え」を書いているが、文中、こう述べている。

表現の方法もわからないまま、それなりに七五調にたどりつこうとしているのは、日常語で表現するには、日々の実質があまりに生々しかったからではないか。日記を書かず、歌の形にしていたのは、ただただ日常を脱却したいばかりだったと思われる。

まことに短歌にしろ俳句でもそうであろう、定型の、しかも文語使用を旨とする短文芸はしばし人間を現実から一歩退かせて、「日常を脱却」させてくれるような功徳を有している。「定型の功徳」と称して良いはずである。かつて明治時代に若き石川啄木が自らの歌の世界を「悲しき玩具」と称したことがあるが、あれに通ずることではなかろうか。
いや、それはともかく、もっと注目しなくてはならないのは実は一首目であった。「白き髪結はへてやれば祖母《おほはは》の狂ひやさしくなりて笑みます」、これは石牟礼さんの作品に何度も登場する祖母・おもかさ様である。石牟礼さんは幼女の頃からこの祖母になじんで育ち、祖母の気の狂いをわがことのようにして引き受け、見続けてきたものと思われる。幼女は祖母を気遣い、祖母の精神的なさ迷いをわがことのようにして感受する。水俣の方言で他人様の不幸をわがことのようにして感じ取り、引き受けて身悶えする者がいる、それを「悶え神」と呼び習わす習慣がある。作家・石牟礼道子は、この「悶え神」であろう。

狂へばかの祖母の如くに縁先よりけり落さるるならむかわれも
ばばさまと呼べばけげんの面ざしを寄せ来たまへり雪の中より
うつくしく狂ふなどなし蓬髪に虱わかせて祖母は死にたり

一九五三年（昭和二十八）の秋から翌年二月にかけて詠まれた歌、これも祖母おもか様のことである。一首目「狂へばかの祖母の如くに……」について、これは『潮の日録 石牟礼道子初期散文』（葦書房）にも収録されているが、この本の「あとがき」の冒頭で石牟礼さんは「これは私の二十代はじめごろの一連の作品で、この一連をちいさな短歌同人誌に出したとき、同人達はなんだかぎょっとして、批評の対象外の作品とおもったらしく沈黙した」と記している。「ちいさな短歌同人誌」は、熊本市の蒲池正紀により主宰・発行されていた歌誌「南風」である。確かにこの歌は読む者を「沈黙」させる。だが、それは批評の対象外であるからでなく、歌の持つ迫力に圧倒されてのことであったはずだ。まさに「かの祖母」の狂いは、作者にとって自分のうちに隠れ棲んでいるものでもあった。主宰の蒲池正紀が「あなたの歌には、猛獣のようなものがひそんでいるから、これをうまくとりおさえて、檻に入れるがよい」と評したことがあるそうだが、主宰は石牟礼短歌の底力をちゃんと見抜いていたのである。

石牟礼さんのこうした歌人としての実力は、一九五六年（昭和三十一）、「短歌研究」（短歌研究社）の新人五十首詠に入選しており、このことだけでも証明できると言えよう。

そして、内なる猛獣をうまくとりおさえて、しかも自身の中にどうしようもなく存在するものを表現しきっているのが、一九五九年（昭和三十四）四月の作、

雪の辻ふけてぼうぼうともりくる老婆とわれといれかはるなり

これである。祖母・おもか様を詠った作の中で最も純度が高いものと言えるし、それのみならずこれは石牟礼文学の在りようを象徴してもいる。ここでひとつ、考えてみるがいい。『苦海浄土』（講談社）は水俣における水銀禍つまり公害問題をつぶさに描いたから注目されたが、それで終わってしまう性質の書き物ではない。不知火海沿岸に住んで、大自然との共生をしつつ日々の生活を営んできた庶民達の生活が、どのような意味を有していたかが語られている。しかもそれが崩壊していきつつあるわけで、『苦海浄土』はほんとに日本の近代化の暗部へと如実に深々と達し得ている。作中、石牟礼さんはたくさんの漁民さんを登場させ、海での漁や日々の生活や水銀に冒されてからの惨憺たる状態やらを描いている。これら漁民さんたちの語りが、よくよく読むと、聞き書きのように見えつつ、すなわちルポルタージュのようなかたちをとりつつ、実は違

う。「老婆とわれといれかはる」、これと同じことが行われており、石牟礼さんは患者さんたちの内なる喜怒哀楽を自ら引き受け、悶えたのである。悶え神は患者と入れ替わりを果たしているので、その声が太々と作品の中で綴られる。そう、「雪の辻ふけてぼうぼうともりくる老婆とわれといれかはるなり」、この歌はそのような象徴性を有している。

しかも、短歌という三十一文字の器は、ここらあたりで満杯状態になったかと思われる。短歌という定型の器は、現実を収め切れなくなっていた。石牟礼さんは水俣病の世界を本格的に書くようになり、実際の患者支援運動にも深く関わっていく。もはや、悲しき玩具たる短い詩型に盛り込むには現実の動きの方が大きくなりすぎていた。石牟礼さんはもっぱら散文で現実と格闘せざるを得なくなっていき、昭和四十年頃からは歌を詠むことはほとんどしなくなる。

さて、こうやって石牟礼道子の短歌世界を辿ってきて、与謝野晶子や石川啄木の青春短歌にまとわりつく気恥ずかしい空気はあったろうか。あろうはずがない。石牟礼さんの短歌は最初からこの世の不幸を一心に見つめた上で表現しきっているので、いわゆる青春短歌にはなりようがない。しかし、だからこそ若い頃の作であっても、歳を食った人間が読んで深く肯きつつ普遍的な問題として読み味わい、自分の問題として反芻することができるわけである。

（二〇一八・七・二十七）

水底の墓に刻める線描きの……………………石牟礼道子「裸木」

最近になって、わが家にようやく『石牟礼道子全集・不知火』全十七巻・別巻一（藤原書店）が勢揃いした。この全集は刊行が開始された時点から一冊ずつ取り寄せていたのだが、あと三冊までとなった頃、勤めを定年で退職した。すると、正直言ってこの全集は価格が高い。「石牟礼さん、出版社はどうしてもっと気安く買える値段の全集を作ってくれなかったんでしょうね」と文句言いたい心境だった。なんとかして全巻揃えてしまわなくては、とは念じつつ、財布の中身が頼りなくて今までズルズルと踏ん切りがつかぬままであった。しかし、どこかで踏ん切りをつけなくてはならぬ。今回、思い切って第十五巻・第十六巻・第十七巻を購入し、これでめでたく全巻がわが家の本棚に並んだのであった。

それで、手許に届いた三冊をしみじみと開いたり閉じたりしていたのだが、そのうち第十五巻には一九八九年（平成元）に刊行された石牟礼さんの『歌集　海と空のあいだに』（葦書房）以後の短歌作品が収録されている、ということに気づいた。それは「裸木《はだかぎ》」とのタイトルがつけられた十八首で、最初に「『春の城』終らんとして原城を訪れてより、にわかに歌兆す」との詞書が付され、一九九八年（平成十）十二月から翌年一月にかけての作と銘記してある。石牟礼さんは、昭和四十年頃から短歌発表はほとんどしなくなる。ご本人の中で「歌との別れ」があったのだ。しかし、天草四郎の乱を主題にした長編小説を手がけて、新聞連載が続いた。それが終わる頃、どうした動機でか「にわかに歌兆す」という心の動きがあったわけだ。

裸木の樹林宵闇にしばし映ゆ赤き小径をゆくは誰ぞも
裸木の銀杏竪琴のごとくしてあかつきの天人語もまじる
冬月の下凍りゆくあかときぞ裸木の梢わが魂《たま》のぼる
生きている化石の樹ぞと思ひつつ千年の夢われに宿れる
夢の外に出づれど現世にあらずして木の間の月に盲《め》しいたりけり

石牟礼さんは具体的ななにごとかを詠っているわけではない、と思える。むしろ自らの魂の中にうずまくものを掴み取り、具象化せぬうちに並べており、読者としては夢まぼろしの境へ誘い出された気分である。お若い頃の短歌は、これに比べたらむしろ具体的で、詠嘆があり、あれはやはりなんだかんだ言っても石牟礼さんの屈折した「青春」が表現されていたのではないだろうか、と思ってみたくなる。

冬茜樟《ふゆあかねくす》の木群の重げなるにはかに顕《た》つも母の面影
かなしみを口にのぼせぬ人なりきいかばかりをぞ胸にかかえし
わが母のかなしみうつつに胸にくる冬の茜の消えなむとして

遠き世の悲しみうつつになりくるを抱きて母の笑まいありしよ

これは石牟礼さんの母親のことが詠まれた作だ。母・はるのさんが亡くなられたのは一九八八年（昭和六十三）五月十六日であった。没後十年経ってのこの四首、母親を喪った悲しみはほとんど薄れぬまま作者の胸の内にある、ということが察せられる。

こんなふうに読み進めて行ったのだが、最後の二首に至って不意打ちを食らった。

湖の底よりきこゆ水子らの花つみ唄や父母恋し
水底の墓に刻める線描きの蓮や一輪残夢童女《ざんむどうじょ》よ

この二首、「前山夫妻と市房ダムが干上がったのを見に行って」との詞書がある。石牟礼さんはエッセイで何度もわたしたちのことは書いてくださっているが、しかし短歌作品で話題にされた記憶はない。だからビックリした。熱いものがこみ上げてきた。

確かに、石牟礼道子さんを市房ダム（一九六〇年竣工）に連れて行ったことがある。それは二度にわたっており、最初は一九七八年（昭和五十三）二月だった。その頃わたしは熊本県立多良木《たらぎ》高校水上分校に勤めており、学校も職員住宅もダムの少し下流、水上村の岩野という集落にあった。二月四日に分校で生徒たち相手に講演をしてもらい、職員住宅に泊まってもらった。その際、わたしたち夫婦は市房ダムを案内したのである。実は亡妻・桂子はこの村の湯山集落の出身である。湯山はダムよりも上に展開する一帯だから、水没を免れている。球磨川本流と湯山川が合流する一帯に展開していた村の中心部分・新橋集落が、まるごとダム湖に沈んだのである。石牟礼さんが来てくださった頃、ちょうど冬場の渇水期で、ダム湖はかなり広く干上がり、昔の新橋集落の家々や田畑、役場跡、発電所跡、墓場等が泥を被りながらも日の下にさらされた状態となっていた。そのようなところを案内したのだが、石牟礼さんにとってたいへん印象に残る風景となった。それで、石牟礼さんから請われて一九九四年（平成六）九月二十日、再びダム湖を案内している。その時は前回よりも渇水がひどく、下流の八代市では球磨川堰を越える水が見られなくなるくらいのひどい状態であった。だから市房ダムの湖底も、一九七八年（昭和五十三）の時以上に実に広々と昔の状態がさらけ出され、渇いて、ひび割れさえ生じていた。カンカン照りの下、石牟礼さんはわたしたち若い男どもと一緒に崖を這い下って、足下のおぼつかない湖底を熱心に歩き回り、特に墓場跡にはかなり時間を割いて足を止めていた。水子たちの墓も確かにあったし、「線描きの蓮」や「残夢童女」という字も間違いなく墓に刻まれていた。石牟礼さんの観察の細かさに驚嘆するばかりだ。こうした湖底で見た景観が元になり、大きく膨らんで石牟礼さんの力作長編小説『天湖』（一九九七年十一月、毎日新聞社・刊）ができあがって行く。

そして、この「裸木」十八首は、「道標」という雑誌の第三十号（二〇一〇年九月・発行）に掲載されたのだという。そうであるならば、わたしも購読している雑誌なので目に留めたはずなのだが、なぜだかまったく記憶にない。今回、全集の残りを購入して初めて気づいたのであった。なんということだ。妻は、自分が癌で苦しんでいながら、石牟礼さんのパーキンソン病が不治の難病であることを「かわいそうだ」と、いつも気にかけていた。二人で、何回も見舞いに行った。七月十八日に妻が亡くなった後ようやく購入したこの第十五巻、もっと早く買っていたら二首の短歌にも妻が生きているうちに気づいて、見せてやることができたのだったのに、と、自分の迂闊さ、ルーズさが悔やみに悔やまれて、情けなくなってしまった。

涙が湧いて、溢れて、しばらくは止まらなかった。

（二〇一八・八・二十三）

二

眠れぬ夜に眠るには

若山牧水生家（宮崎県日向市東郷町坪谷）

　詩歌を味わうのは好きだ。小説やノンフィクションなどの散文を読むのとはまた違って、濃密でありながら別乾坤というか、浮世を少し脇に置いたかたちで時間を過ごすことができる。中原中也なんかは、学生時代、暗唱するほど愛読した。淵上毛錢のことは二十歳になったかならぬ頃には知ったが、関心を持つようになったのは四十歳を越えてからである。毛錢の詩集を編集したり評伝を書くことになろうなどとは、若い頃だったら考えもしなかったのだから不思議なものである。

　詩や短歌は、真似して自分でも書こうとしてもなかなか無理だ。俳句は高校時代の一時期に熱中して作ってみたし、現在でもひねっ

山本橋駅跡（熊本市北区植木町）

てみないわけではない。しかし、自分で詠むよりも古今の名句を読む方がやはり気が慰んで愉しい。俳句は、定型の場合、季語の使用や五七五の音律といった約束があったり、わりと文語が多用されるのであるが、それだけに現実とはまた違った小宇宙が表現されているので面白い。実作者はいうまでもなく、読み味わう側もその小宇宙に参入できるので、こういうのを「定型文芸の功徳」「短文芸の功徳」と呼びたい。自由律の場合は、種田山頭火や尾崎放哉のような放浪の人が最もサマになっているようだ。俳句や短歌は、通常の場合、どうも定型の方が独特の存在感をもたらしているように思える。

詠

夏目漱石
与謝野晶子
若山牧水

眠れぬ夜に眠るには……夏目漱石『草枕』

八年前（二〇〇八年）から、主婦の方たちの読書会の講師を務めている。会員が二十名いて、例会は月に一回行われる。所定のテキストについてわたしがレクチャーしつつ読み進み、随所で感想を述べ合うのが愉しい。先々月から取り組んでいるのが夏目漱石の『草枕』（岩波文庫）だが、それで、発見があった。

主人公の画工が那古井の宿に泊まって、夜中、目が覚める。障子を開けて外の夜景を見ていると、背の高い女の影が動いたように思えた。そうなるとなんだか気になり、余計な考えが頭の中に渦巻いたりして、「こんな事なら、非人情も標榜する価値がない」と自らを諌めるのである。そして、こんなときどうすれば「詩的な立脚地」へ戻れるかといえば、「十七字にまとめて見るのが一番いい」と画工は考える。その物思いは、こう続く。

十七字は詩形として尤も軽便であるから、顔を洗ふ時にも、厠《かはや》に上《のぼ》つた時にも、電車に乗つた時にも、容易に出来る。十七字が容易に出来るといふ意味は安直に詩人になれるといふ意味であつて、詩人になるといふのは一種の悟りであるから軽便だといつて侮蔑する必要はない。軽便であればあるほど功徳になるからかへつて尊重すべきものと思ふ。まあちよつと腹が立つと仮定する。腹が立つたところをすぐ十七字にする。十七字にするときは自分の腹立ちが既に他人に変じてゐる。腹を立つたり、俳句を作つたり、そう一人が同時に働けるものではない。ちよつと涙をこぼす。この涙を十七字にする。すると否やうれしくなる。涙を十七字に纏めた時には、苦しみの涙は自分から遊離して、おれは泣く事の出来る男だといふ嬉しさだけの自分になる。

こういうふうに容易に「詩人」になれるから、これは「功徳」であって、尊重すべきだ、というわけである。実際に、

春の星を落して夜半《よは》のかざしかな
春の夜の雲に濡らすや洗ひ髪
春や今宵歌つかまつる御姿
海棠の精が出てくる月夜かな
うた折々月下の春をちこちす
思ひ切つて更《ふ》け行く春の独りかな

などと十七文字すなわち俳句をひねるうちに、主人公はうとうとと眠くなる……、このくだりを読んで、アッと叫びたいほどであった。実はわたしも同じような趣旨のことをコラムで記したことがあるからだ。わたしは、俳句を本腰入れて詠むような人間ではない。ただの素人であるに過ぎない。ただ、こないだから地震に恐れおののいた時期、夜間、不安で眠れぬ状態に悩まされつづけたが、頭の中でしきりに五・七・五の十七文字をひねり出しているうちに平常心が回復できていた。だから、俳句総合雑誌「俳句界」（文學の森・発行）から震災時にどう過ごしたか書けと原稿依頼が来た時には、そうしたことを「夜中の五・七・五」との題でまとめ上げて、送った。しかも、漱石は十七字による表現を「功徳」と言い表していたが、わたしも俳句の効能を「短文芸の功徳」と呼んでみたのであった。

つまり寝ていて揺れを感じ、目が覚めてしまい、不安におののくのだが、そんな折り寝床の中でその日のあれやこれやをふり返り、五・七・五のかたちでことばを当てはめようと努力する。すると、どんなに地震に怯えている状態であっても、そこから一歩距離を置いた気持になれたのだった。なんとか俳句の体《てい》をなしたらメモしておき、後は不思議と眠りの方へ戻れた。

だから、句作は心の癒やしになってきたように思う。こんなふうな俳句の作り方で良いものなのかどうかちっとも自信がないが、「短文芸の功徳」と呼んでみたい気がする。

自分は知らぬ間に漱石の言っていることとダブルような見解を述べていたのだなあ、と、不思議な気持ちである。

思えば『草枕』は俳句的な趣きの小説であり、こうした本質論が展開されていて当然だろう。しかし、若い時期に読んだが、気づかなかった。いや、実は意識しなかっただけで、本当はすっかり影響されていたのかも知れない。なんにしても『草枕』中の俳句論はまったく同感で、たいへん嬉しかった。

（二〇一六・八・十九）

世評と自分の想いと……………………与謝野晶子『与謝野晶子歌集』

最近、岩波文庫版の『与謝野晶子歌集』を開いてみた。与謝野晶子は、一九〇一年（明治三十四）に満二十二歳で『乱れ髪』を刊行して以来、最晩年一九四二年（昭和十七）刊の『白桜集』に至るまで全部で二十七冊の歌集を刊行しているそうだ。この文庫版には、まず一九三八年（昭和十三）までの歌から作者自身が良しとして自選した二九六三首と、後で編集部が晩年の『白桜集』から抜いた一〇〇首、合わせて三〇六三首が収録されている。与謝野晶子の歌人としての歩みを辿るには最も便利な本だ、と思ったのであった。

ところが、便利ではなかった。田山花袋の小説『田舎教師』（新潮文庫）の中に主人公の林清三が雑誌「明星」を読みふける場面があって、

椿それも梅もさなりき白かりきわが罪問はぬ色桃に見る

主人公はこの与謝野晶子の歌に感動する。巻末の注釈にこの作品は『乱れ髪』に収録されているとあるから、それで文庫本を開いてみたのだったが、出てこない。これでは不便である。あらためて目次を見てみたら、なんということか、『乱れ髪』は全三九三首で構成された歌集である

のに、その中から与謝野晶子はたった十四首しか文庫に入れていない。正直なところ、これには驚かされた。

たったの十四首を見てみると、さすがに世評高い次のような歌は収められている。

その子二十《はたち》櫛に流るる黒髪のおごりの春の美しきかな
清水《きよみづ》へ祇園《ぎをん》をよぎる花月夜こよひ逢ふ人みな美しき
やは肌のあつき血潮に触れも見でさびしからずや道を説く君
ほととぎす嵯峨《さが》へは一里京へ三里水の清滝《きよたき》夜の明けやすき
何《なに》となく君に待たるるここちして出でし花野の夕月夜かな

そして、他に「かたみぞと風なつかしむ小扇《こあふぎ》の要《かなめ》あやふくなりにけるかな」「昨日《きのふ》をば千とせの前の世と思ひ御手なほ肩にありとも思ふ」というのも入っている。だが、この二首などは、『田舎教師』の主人公・林清三が感動した「椿それも……」と比べて、はて、どうなのだろう。わたしの主観を言わせてもらえば、林清三の感動した歌の方を採ってやりたい気がしてならない。

それで、である。文庫版巻末に付された与謝野晶子の「あとがき」に目を通してみて謎が解けた。作者によれば、自分の若い頃のことは「私は詩が解るようになって居ながら、また相当に日本語を多く知りながら表現する所は泣菫氏の言葉使いであり、藤村氏の模倣に過ぎなかった」のだそうだ。つまり『乱れ髪』の頃の作者はただ薄田泣菫や島崎藤村の強い影響下にあり、彼らに倣《なら》っていたに過ぎなかった、というわけである。だから若い頃の時代の作品について今でもとやかく言われるのは「迷惑至極」であり、教科書などで採られていることが多いのを見るにつけ「私は常に悲しんで居る」と嘆いている。文庫版に『乱れ髪』から辛うじて十四首収めておいたことについては、「初期の歌に寛であることを私は恥じて居るが、これは歴史的にという書肆の希望があったからである」、だからもし版元の方から要請がなければすべて落としてしまいたかった、と言いたげである。これはもう、ほとんど『乱れ髪』全否定に近い。ちなみにこの「あとがき」は一九三八年（昭和十三）五月に書かれており、与謝野晶子は満五十九歳だった。四年後の一九四二年（昭和十七）五月には他界する。

つまり、晩年の与謝野晶子は、自身の二十二歳の頃の『乱れ髪』について非常に手厳しい、冷たい、ということになる。

与謝野寛・晶子夫妻は、一九三二年（昭和七）の八月に九州旅行の途次、わたしのふるさと熊本県人吉市にも一泊し、土地の文芸愛好家たちと交流しているが、その折りの晶子の歌もこの文庫版には収録されている。

大ぞらの山の際《きは》より初まると同じ幅《はば》ある球磨《くま》の川かな
川あをく相良《さがら》の町の蔵《くら》しろし蓮《はちす》の池にうかべるごとく

人吉《ひとよし》や蜀《しよく》の成都《せいと》の人とある船のうへとも思はるるかな
秋きよし球磨の大河《だいが》のいもうとの人吉の湯のあふるる聞けば
相良《さがら》びとわれらの船に行ひぬ別離のきはの球磨の水掛《みづかけ》

人吉の人間にとっては、わが郷土のかもし出す風情がこうして歌に詠み込まれているのは嬉しいことである。だが、だからとて与謝野晶子ならではの詠とは言えなかろう。それでもかまわないから、この人は若い頃の歌の方を消し去りたかったのであったか。

岩波文庫版『与謝野晶子歌集』を前に置いて、なんだか妙な気分であった。（二〇一八・六・十八）

若い頃の歌、年とってからの歌……………………若山牧水『若山牧水歌集』

「世評と自分の想いと」の中で、わたしは与謝野晶子が自身の若い頃の歌集『乱れ髪』について晩年にはほとんど全否定に近い状態だったことを話題にした。そして与謝野晶子の苛烈さに「?」印をつけたくなっていた。でも、あれから考えてみて、なんだか分かるような気もしてきている。

実は、最近、若山牧水の歌について思い返してみるのだが、この人の場合も一般に話題になるのはきわめて若い頃のものばかりである。岩波文庫『若山牧水歌集』を開いて、

われ歌をうたへりけふも故わかぬかなしみどもにうち追はれつつ
白鳥は哀しからずや空の青海のあをにも染まずただよふ
けふもまたこころの鉦《かね》をうち鳴《なら》しうち鳴しつつあくがれて行く
幾山河越えさり行かば寂しさの終《は》てなむ国ぞ今日も旅ゆく
ちんちろり男ばかりの酒の夜をあれちんちろり鳴きいづるかな

一九〇八年（明治四十一）刊の第一歌集『海の声』に入っている分から引いてみたが、刊行当時、作者は早稲田大学卒業直後で、まだ満二十二歳であった。ということは、収録されている歌すべて大学在学中の作ということになる。若い者としての高揚も感傷も見事に言い表されており、牧水の歌は広く愛唱されてきた。とりわけ象徴的なのは「けふもまた……」である。「あくがれ」つまり「あくがる」とは、「魂《あく》」が「離《が》る」、すなわち何者かに心が揺り動かされ、自らの魂が自分から離れていく状態の謂《い》いである。青春時代のど真ん中、どこかに心満たされるものはないか、あるはずだと憧れて止まぬ熱い心情が作者のうちに満ち溢れ、落ち着かぬ。この歌は、だから、当然のことながら次の「幾山河……」の歌を生むわけで、寂しさの無くなる国を求めて行けども進めども寂しさがなくならぬ、というのである。若者の満たされぬ思いがこのように詠まれて、たちまち全国へ広まったたし、現在でも人気のある歌だ。牧水は日本人の「青春」を三十一文字にぴしゃりと表現し得た、いわば天才であった。
園田小枝子《さえこ》との恋愛をうたった作品も、同歌集には頻出する。

海哀し山またかなし酔ひ痴れし恋のひとみにあめつちもなし
山を見よ山に日は照る海を見よ海に日は照るいざ唇《くち》を君
くちづけは永かりしかなあめつちにかへり来てまた黒髪を見る
山動け海くつがへれ一すぢの君がほつれ毛ゆるがせはせじ
われら両人《ふたり》相添うて立つ一点《いってん》に四方《よも》のしじまの吸はるるを聴け

まだ両人が相思相愛、熱烈に愛し合っていた頃の歌である。中でも、「海哀し……」「山を見よ……」の二首は一般にもわりと知られているのではなかろうか。小枝子への愛は、牧水の歌に生命を吹き込み、大いに輝きを与えてくれた。だが、年上の女性とのこの恋愛も、やがては破局を迎える。小枝子は別の男の許へと去るのである。一九一一年（明治四十四）刊の第四歌集『路上』に「わが小枝子思ひいづればふくみたる酒のにほひの寂しくあるかな」などという歌がある。一九一〇年（明治四十三）六月の作だが、この時期にはもう恋愛がかなりきびしいかたちで破れつつあった。さらに、同年九月から十一月半ばまで長野県小諸に滞在した。その折りの歌の一つに、

かたはらに秋ぐさの花かたるらくほろびしものはなつかしきかな

これは単に信州の秋の風情をうたったものではない。この場合の「ほろびしもの」は、自身と小枝子との愛がすでに過去のこととなってしまったという苦い自覚に裏打ちされている。絶唱といえよう。

こういうふうな牧水の二十代前半の青春歌、わたし自身は高校時代に愛読した覚えがある。しかし、やがて離れていき、長らく遠ざかり、六十歳になる少し前から集中的に再読した。すると、なんというか、この人の若い時期の作品は良い歌揃いであると再認識できたものの、心の内で距離感が生じてしまっているのを否めなかった。牧水にのめり込んだ時期を懐かしく思い出したが、もはやそこへは戻れない。何というか、読んでいて、若さの過剰さに気恥ずかしくなってしまう。寂しいほどであった。これは、与謝野晶子の『乱れ髪』にも同質のものが詰まっているわけで、やはり青春歌というものは恥ずかしげもない、あからさまな熱情の噴出なのである。

だが、牧水の人生後半の作、たとえば、一九二三年（大正十二）刊の第十四歌集『山桜の歌』、

うすべにに葉はいちはやく萌えいでて咲かむとすなり山桜花

湯を揉むとうたへる唄は病人《やまうど》がいのちをかけしひとすぢの唄

先生のあたまの禿《はげ》もたふとけれ此処に死なむと教ふるならめ

一九二二年（大正十一）の春に伊豆半島の湯ヶ島温泉に滞在した際、山桜の風情を集中的に詠んでおり、「うすべにに……」はそのうちの一首である。この繊細で落ち着いた自然詠、見事と評するしかなかろう。二首目は、同年の秋、群馬県の草津温泉を旅した折りに湯治に来ている人たちが湯揉みする姿を見て、病いを治そうと努める姿に感じ入っている。あるいは、三首目は、草津の近くの村の分教場で老教師が子どもたちを教えているのを見て、こよなく心を寄せている。二首とも、なかなか人間味のある、読者をしみじみとした思いに浸らせてくれる歌ではなかろうか。

あるいは一九三八年（昭和十三）に刊行されたという第十五歌集『黒松』になると、最晩年の時期の作品に触れることができる。

鮎焼きて母はおはしきゆめみての後《のち》もうしろでありありと見ゆ
鉄瓶を二つ炉に置き心やすしひとつお茶の湯ひとつ燗《かん》の湯
夜為事《よしごと》のあとを労《つか》れて飲む酒のつくづくうまし眠りつつ飲む

一九二五年（大正十四）とか二六年頃の作で、したがって牧水は四十歳になったばかりである。

母への思いの熱さが詠われ、そして自身のことを詠む際にもどのような時に寛ぎを覚えるかが表現されている。生活をしつづけ、生活の中から湧いた思いをじっくりと、しっかりと定着させている歌人がここにいるのだな、と納得することができる。

さらにわたしは、『若山牧水全集 補巻』（増會出版社）に収載されている次の歌に感心する。

おとなりの寅おぢやんに物申す長く長く生きてお酒のみませうよ

一九二四年（大正十三）の春に牧水は久しぶりに故郷の宮崎県東郷村（現在の日向市東郷町）坪谷に帰省するが、その時に詠んだ歌の一つである。幼い頃にかわいがってくれて、今は年老いてしまっている故郷の老人へ、これはまことに心の籠もった呼びかけである。牧水は他者への思いやりの情が実に厚い人だったのだ。牧水は、この歌を「戯れ歌」と称している。死後、関係者によって編まれた歌集『黒松』にも、なぜか収録されていない。全集刊行時に辛うじて収められているのである。だが、これは牧水の秀歌の一つに、それも上位の方へ入れてあげる資格充分なのではなかろうか。

牧水は、与謝野晶子同様に青春時代の作品が広くあまねく愛唱されながら、年齢を経てからの佳作は忘れられがちである。だが、実際には、こうして辿ってみれば分かるように人間味溢れる秀作を詠みつづけた。ただ、与謝野晶子が自身の『乱れ髪』を苛烈に否定したのに比して、牧水はそうはしていない。この両者の違いは、何に起因するだろうか。

一つ言えるのは、岩波文庫の『与謝野晶子歌集』は晶子が満五十九歳の時に編まれている。当時、六十歳に近い年齢といえば、充分に老齢である。晶子は、年を経るとともに人間的に成熟を果たしていったろう。老境に達して、若い頃を振り返れば、エネルギーには満ちていたもののいかにも未熟であった自身が『乱れ髪』には丸見えだと痛感されたのではないだろうか。これに対して牧水は、先の「おとなりの……」の歌を詠んだ一九二四年(大正十三)は、まだ三十九歳であった。そして、一九二八年(昭和三)九月に残念ながら四十三歳で亡くなる。牧水は「中年」には達していたろうが、「老年」とか「晩年」と称せるような域には達していなかった、与謝野晶子のように自身の若い頃を厳しく見渡し、客観的評価を下すにはまだ至っていなかった、ということであったろうか。もし牧水がもう少しせめて六十歳代まで生き永らえていたら、晶子同様のことをやっていたかも知れない。

いや、どうかな……。

与謝野晶子・牧水の双方の歌を味わいつつ、あれやこれやと考えさせられたのだった。

(二〇一六・七・九)

旅

種田山頭火
中原中也

山頭火と遊漁鑑札……種田山頭火『山頭火全集』

残暑厳しい毎日だが、今、イベントの準備を少々手伝っている。

わたしの住む熊本県八代市の日奈久《ひなぐ》温泉には一九三〇年（昭和五）に放浪の俳人・種田山頭火が三泊した時の木賃宿「おりや（織屋）」がそのままの姿で残っており、それを記念して十年前（二〇〇〇年）から有志の手によって「九月は日奈久で山頭火」と銘打った催しが続けられて来たのである。九月いっぱい種々の行事が続くが、柱となるのがシンポジウムで、今年は九月二十三日（木曜）にホテル潮青閣で開催予定だ。エッセイストの乳井昌史氏が「山頭火と世間師たち」

と題して講演する他、パネルディスカッションも行われる。

この日奈久温泉のイベントを手伝うためもあって『山頭火全集』（春陽堂）を再読したが、あらためて気づくことがいくつかあった。その中の一つ、第七巻を読んでいたら、日記に次のような記述があった。


午前、街へ行く、払へるだけ借金を払ふ、借金は第三者には解らない重荷であるだけ、それだけ払ふてからの気持は軽くて快いものである。

いよ〱遊漁鑑札を受けた、これから山頭火の釣のはじまり〱！

アイをひつかけるか、コヒを釣りあげるか。

（昭和十年八月二十六日）


山頭火は川で魚釣りしようとしているのである。しかも遊漁鑑札を取得した、などとはとても意外な事実である。以前読んだ時に、どうしてこの面白い箇所に目が止まらなかったのだろうか。

一九三五年（昭和十）、山頭火は山口県小郡の其中庵《ごちゅうあん》に住んでいた。鑑札を得てすぐから川へ出かけたわけではない。八月二十八日には風も雨も強くて「夢にまで見た魚釣第一日の予定は狂つてしまつた」と記す。その翌日、句友の国森樹明《くにもりじゅみょう》に誘われて正午から付近の椹野川《ふしのがわ》に出かけたが、釣れない。そこで、場所を変えて沼へ行ったところ「中鮒三つ、小鮒八つ」が釣れた。其中庵へ帰ってから「中鮒は刺身にし小鮒は焼く」とあって、フナの刺身、これは絶対おいしかったはずだ。言うに言われぬ深い甘みがあって、海の魚なんかよりもはるかに美味である。焼酎も少量呑んでいる。ちっとも豪勢でないものの、味わい深い夕餉となったろう。その日の山頭火は、「釣は逃避行の一種として申分ない、そして釣しつつある私は好々爺になりつつあるやうだ、ありがたい」と記す。

以後も何度か川でフナやハゼを釣ったり、釣れぬ時にはシジミを掘ったりするのだが、魚もシジミも自分が食べる分だけである。獲物を売りさばくわけではない、素人の川遊びに過ぎぬのに「遊漁鑑札」だ。鑑札などには目もくれずに獲りまくる手合いは昔も今も掃いて捨てるほどいようから、それに比べて山頭火はなんともマジメな釣人ではないか。放浪の日々を送った人であれば世間的なことには関わらないものと思いたくなるが、そうではないのか、結構律儀に義務を果たす面があったのだな、と、ちょっと意外な感じがある。

それも、である。八月二十八日に「夢にまで見た魚釣第一日」とあるが、実際にはその十一日前の十七日に国森樹明に連れられて椹野川尻に出向き、「鮒釣見習」をしている。十九日にも樹明と川へ行き、その日の日記に「私は釣をはじめやうと思ふ、行乞と魚釣と句作との三昧境に没入したいと思ふ」、こういうふうに傍点まで打って積極的な意欲を示しているのである。

実は、八月十日に睡眠剤カルモチンをつかって自殺未遂をしでかしている。

生死一如、自然と自我との融合。

……私はとうとう卒倒した、幸か不幸か、雨がふつてゐたので雨にうたれて、自然的に意識を回復したが、縁から転がり落ちて雑草の中へうつ伏せになつてゐた、顔も手も足も擦り剝いだ、さすが不死身に近い私も数日間動けなかつた、水ばかり飲んで、自業自得を痛感しつつ生死の境を彷徨した。……

知友にあてた「報告書」でこのようにも生々しく告白している。このときのことを反映した句も遺しており、

死んでしまへば、雑草雨ふる
死がせまつてくる炎天
死のすがたのまざまざ見えて天の川
雨にうたれてよみがへつたか人も草も

等々と詠んでいて、自殺未遂の際の苦しさが惻々《そくそく》と伝わってくる。そうした事実を踏まえれば、「釣は逃避行の一種として申し分ない」との感想は、明らかに自殺未遂の名残りが滲み出ていることになる。

それにしても、死にそこなってからまだ間もない八月十六日に釣糸を垂れるのである。読んで

いて「ほお……」とため息が出てしまう。ここから山頭火の内面の強靱さ、精神的回復力の強さを読み取るべきか。あるいは、川での魚釣りなどとはいかにものどかだが、それは表面だけのこと、胸中にはまだとても重たい気分が尾を引いており、「逃避行」としてやっとこさ川へ出かけて釣りに気を紛らしているだけだったろうか。さらに、それ以前のこと、すなわち山頭火はなぜまた死にたいほどの衝動に駆られたのか。少なくとも日記を読む限りでは八月四日に「ぼう〱ばく〱」とある。また、

　どうもむしやくしやしていけない、夏羽織を質入れして飲んだが、まだ足りないので、さらに飲みなほした、Yさんに立替へて貰つて、どろ〱の身心をやつと庵まで運んだ。……恥知らずめ、罰あたりめ。

（八月五日）

といった記述も出てくるから、なんとなく不安定なものが漂っていたことは否めない。だが、具体的に解明できるほどのものは記されていないので、不可解さがどうしても残る。
ともあれ、律儀に魚釣りの鑑札を律儀に取得する山頭火、まことに意外であった。

（二〇一〇・八・二十六）

湯田温泉にて……………………………中原中也『中原中也詩集』

十一月三十日と十二月一日、つまり一泊二日、八人連れで山口市の湯田温泉に行った。湯田にはなにかと縁があり、もうこれで何度目であったろう。

湯が良い。泊まった宿の源泉掛け流しの風呂に夜も翌朝もみっちり長湯した。透明な柔らかい湯で、熱くなくぬるくなく、適温だ。みんなとペチャクチャ喋って湯に浸かっていれば、おのずから時間が経つ。

わたしたちの泊まった西村屋という旅館は、詩人の中原中也が結婚式を挙げたところなのだそうである。全集に載っている年譜によれば、中也の結婚式は一九三三年（昭和八）十二月三日のことで、そのときの部屋がまだあるとのこと。ずいぶんと新しい造りの宿なのに、そういう部屋が遺っているわけ？　と訝《いぶか》しい気持ちだったが、案内通りに進んでみると確かに奥の方に古いけれどもきれいに整った大広間がある。へえ、ここがそうなのか。中也は酒を呑んだらわりと周囲の人に絡む性癖があったと言われている。だが、結婚式のときにはいたっておとなしかった、と母親の中原福さんが語っているのを本で読んだことがある。部屋を覗きながら詩人の神妙な顔つきが偲ばれて、良い物を見たなあ、という気分だった。山口県が生んだ文学者といえば、最近ではもっぱら放浪の俳人・種田山頭火とか童謡詩人の金子みすゞが話題にされる。しかし、文学者としては中原中也の方がずっと重要な存在だゾ、と言いたい。学生時代に、さかんに読みふけったものである。その頃買った『中原中也詩集』（角川文庫）は今でも持っているなあ。中也の、

　風が立ち、浪が騒ぎ、
　　無限の前に腕を振る。
　その間《かん》、小さな紅《くれなゐ》の花が見えはするが、
　　それもやがては潰れてしまふ。
　風が立ち、浪が騒ぎ、
　　無限の前に腕を振る。

という「盲目の秋」冒頭のフレーズがよみがえってきて、とても元気が湧いてきた。
西村屋には山頭火の直筆も遺されていた。それを、連れの一人が強引に頼み込み、宿を出る前に全員で拝ませてもらった。色紙・短冊に、

　雨ふるふるさとははだしであるく

けふの道のたんぽヽさいた
うごいてみのむしだつたよ

と記されている。山頭火は一九三二年（昭和七）九月から一九三八年（昭十三）十一月まで山口市の西隣り小郡の其中庵で暮らした後、湯田温泉に住まいを移す。そこを風来居《ふうらいきょ》と称して翌年の九月末まで住むが、この宿屋へ訪れることがあったようである。だからこそ三枚も直筆の句が遺されている。

「力強い筆蹟だなあ」

と連れの一人が声をあげた。いや、本当だ。一字一字しっかりして力がこもっており、凛《りん》として気迫が感じられる。山頭火といえば歩んで行く後ろ姿や酔って蹌踉《そうろう》としてふらつく様子などを思い浮かべがちだが、宿屋に遺された三枚に限ってはすっきり背筋を伸ばした立ち姿を想像したくなった。

宿屋の近くの中原中也記念館にもみんなで行った。生家があった場所の一部を利用するかたちで建てられ、一九九四年（平成六）に開館している。ここは何度も来ており、展示物を見てまわっていると毎度自分が新鮮な気持ちを得ているなあ、と気づく。ただ、以前ここでは中也の詩「骨」を石原裕次郎が唄っているのをイヤホンでしんみり聴けたのに、なぜか今回はダメであった。

「その『骨』ちゅう詩は、どぎゃんとかい」

と連れの一人が聞くので、

ホラホラ、これが僕の骨だ、
生きてゐた時の苦労にみちた
あのけがらはしい肉を破つて、
しらじらと雨に洗はれ
ヌックと出た、骨の尖《さき》

それは光沢もない、
ただいたづらにしらじらと、
雨を吸収する、
風に吹かれる、
幾分空を反映する。

生きてゐた時に、
これが食堂の雑踏の中に、
坐つてゐたこともある、

みつばのおしたしを食つたこともある、
と思へばなんとも可笑《をか》しい。

と、暗唱しているだけを教えてあげた。でも、言うも愚かなことではあるが、「骨」はわたしなんかでなく裕次郎のサビた声でないとまったくサマにならない。今回の湯田温泉行、二日間良い天気に恵まれて楽しかったものの、それだけはまことに残念で未練が残るというか、さみしかった。

（二〇一二・十二・十）

山本橋駅跡へ行く……………………………種田山頭火『山頭火全集』

一月十日、熊本市方面へ出たついでに市の北方、植木町へも行ってみた。山鹿温泉鉄道の山本橋駅がどこらへんにあったのか、確かめたかったのである。

放浪の俳人・種田山頭火は一九二五年（大正十四）二月から翌年四月まで植木町味取《みとり》の瑞泉寺で観音堂の堂守をして過ごしているが、あるとき友人の木村緑平に、

おたよりなつかしく拝見いたしました。ほんたうにしばらくで御座いました、久しぶりにお目にかゝつてしみじみお話したいと思ひます、ここへお出でになるには省線植木駅乗換、鹿本線

山本橋駅下車、十丁ばかり、又植木駅から山鹿通ひの自動車で一里ばかり、御来遊をお待ちしてをります、御来訪の節は前以て御通知を願ひます、私は晴天ならば毎日托鉢に出ます、また出態することもありますから。――

一九二五年（大正十四）三月二十日付

と便りを書いている（春陽堂『山頭火全集』第十一巻収録）。この文中にある「鹿本線」が、実は鹿本鉄道、後の山鹿温泉鉄道のことである。新潮旅ムックの『日本鉄道旅行地図帳12号九州沖縄』（今尾恵介監修）によると、これは一九一七年（大正六）に「鹿本鉄道」という名で開業し、国鉄植木駅前から山鹿温泉までの二十・三キロを運行していた。一九五二年（昭和二十七）になって「山鹿温泉鉄道」と改称する。沿線住民からはかなり親しまれたはずであるが、赤字続きで、残念ながら一九六〇年（昭和三十五）には運行を休止し、五年後、正式廃業となった。山頭火にとって身近だった山本橋駅ってどのあたりだったのかなと、以前から気になっていたわけである。

瑞泉寺味取観音堂は、現在の国道三号線に沿った小高い山にある。鉄道はその山の向こう側を通っていたに違いない。お寺の人に訊ねるつもりだったが、あいにく不在で、山の裏側へ回って農家で聞いてみたところ、

「いやいや、もっと下の方、今はサイクリングロードになってます」

とのことであった。県道三号線とサイクリングロードの交わるあたりに「山本橋駅」があったそうで、そこでまた車を走らせる。すぐにそれらしいところに差しかかり、角に煙草屋がある。

同行したS氏が、

「ちょうど良かった」

と煙草を買うべく店番のお爺ちゃんに声をかけたので、よくしたもので話がしやすくなった。すると、

「ああ、山本橋駅は隣りですばい」

お爺ちゃんが事もなげに言う。気が抜けてしまうくらいに容易《たやす》く見つかったが、ここならば確かに瑞泉寺からおおよそ「十丁（十町）」、約一キロ余だろう。

煙草屋の隣はもう建物も建て変わって久しいものの、敷地自体は昔通りの広さなのだという。ホームは、駅舎側にも向こう側にもあった。しかもレールは複線で、加えてもうちょっと植木駅寄りの方角から引き込み線も入ってきており、農産物等の積み出しに使われていたそうである。だから山本橋駅では都合三本のレールが並んでいたことになり、それならば結構盛んに人の動きがあった駅なのではなかろうか。山鹿温泉鉄道は、経費節減のため普通の気動車の他にバスを改造した車両も走らせたそうだから、面白い。バスを改造した鉄道車両、一度でいいから見てみたいものだ。それと、私鉄とはいえ植木駅で国鉄鹿児島本線へ乗り入れていて、乗客たちは熊本駅まで乗り換えなしでの行き来もできたという。山鹿温泉鉄道は結構便利だったのだ。

現在サイクリングロードになっている線路跡に立つと、気動車やバス改造車の行き来する姿、物音、乗り降りする人々の声が頭の中で湧き上がる。山頭火もこの駅を利用したろうが、どんな

顔つきで乗り降りしたろうか。想像が膨らんできて、しばらくは佇んでいた。

帰りがけ、山鹿温泉鉄道の起点となっていた省線（現在はＪＲ）植木駅前へも寄ってみた。植木の町から離れた小駅ながら、ちゃんと駅員さんがいる。山鹿温泉鉄道の植木駅は、省線植木駅の駅舎左手の方にあったそうだ。そして、植木駅と次の長浦植木町駅との間はゆるやかな坂になっていたという。実際、見渡せば目の前は丘陵である。気動車はのんびりと坂を上り下りしていたのだったろう。ここでもまた、当時の風景が思われて、ひとしきり丘陵の方を眺め続けたのであった。

（二〇一五・一・十九）

詩

淵上毛錢

行き逢うて……………………「主婦の友」昭和十八年六月号

四月十三日、晴れ。国立国会図書館に行った。いや、それだけの用事でわざわざ東京へ行ったのではない。四月十二日から十日間、東京へ出かけたのだが、あっちこっちと遊びまわる前にまずはマジメなことをしておこうという次第であった。

東京都千代田区永田町。日本の中心部に来た、という感じである。名前のとおり、国会議事堂のすぐ横に図書館がある。この図書館には、若い頃、ここにふるさと人吉市出身の人が勤めており、その人に用があって何度か訪ねていったことがある。しかし、図書を閲覧するため入館したのは初めてだ。本館六階建て、新館四階建てという大図書館の前に立つだけで緊張した。昔も立派だったが、今はさらに大型化していて、こんなに大きくて広ければ下手すると館内で迷い子になりかねない。入口で利用者登録をした後、奥の方へ進む。事前に電話を入れて雑誌「主婦の友」の一九四三年（昭和十八）六月号が所蔵されていることを確認済みで、その実物を閲覧させてもらったのである。蔵書数一千万冊をはるかに超すそうで、そんな中から取りだしてもらうのには申し込んでから二十分余り待たなくてはならなかった。

なぜ戦争中の「主婦の友」を見てみたくなったかと言えば、詩人・淵上毛銭が、一九四三年（昭和十八）の五月二十日に恩師・小野八重三郎に宛てた手紙（水俣市立図書館蔵）の中でこう記しているからである。

看護婦さんが私に内緒で私の俳句を投書したら、主婦之友六月号に出てゐて金五円也といふことになり、それをおまけに私がひよつとしたことから発見して大笑ひといふ、私は俺の作った句によく似た句があるものだと思ってみましたら何と熊本田中ふさえとあり。初夏の俳句綺譚を一つしておきます。私にとっては余り自慢にはなりませんが、彼女達は賞金の分配を合議して楽しみなやうです。

毛銭は、当時、二十八歳だった。一九三五年（昭和十）に結核性股関節炎が発症して歩行不能となり、熊本県の水俣の生家で苦痛に満ちた闘病生活を過ごしていた若き詩人にも、このような愉快なひとときが訪れたわけである。でも、さてその掲載誌はといえば、なぜか実際に目にしたことがなかった。あちこちに問い合わせたり、研究家に尋ねたりしたが、実物に行き着かない。それが、国会図書館に問い合わせたら所蔵されていると分かったのである。ちなみに、『淵上毛錢全集』（国文社）所載の年譜には、一九三八年（昭和十三）のところに「婦人雑誌『主婦の友』の読者文芸に看護婦田中房枝の名で投稿した俳句が二句入選した」とあって、研究者たちを惑わせている。本当のところは「昭和十三年」でなく、十八年なのである。

さて、待った甲斐あってようやく雑誌と対面することができた。古い紙だから傷めたりせぬよう用心しながらパラパラと捲っていくうちに、読者が投稿する短文芸のページが目に飛び込んだ。

「二等（賞金五円）」として、

行き逢うて手籠の底の土筆かな

という句が載っており、作者は「熊本・田中ふさえ」である。図書館にはわたしの女房も同行したのだが、二人で顔を見合わせて、

「あった。……ホントの話だったんだ」

つい声がうわずってしまった。実は正直なところ、ちょっとだけながら「あれは、毛錢のホラ

話かも知れん」と勘繰っていた。毛錢さん、疑って申し訳なかった、と謝りたい。しかも、「二句入選」などでなく、一句入選し、しかもそれは「二等」だった。これがはっきりしたことになる。

俳句欄の選者・水原秋桜子は、「つゝましい気持ちの人でないと、かうは詠めない。野路に行きあひつゝ、互にいたはり励ます心を持ち合ふのは楽しいことである」と評している。毛錢は自作が婦人雑誌に載って面白がったわけだが、それ以上に「つゝましい気持ち」「互にいたはり励ます心」との選評にはとても尻がこそばゆくなったのではなかろうか。

国会図書館での用を済ませてからは、散策を愉しんだ。九州ではとっくに桜は散ってしまい、もうどちらかと言えば若葉が目立つ時季に入っているのだが、東京の方は違っていた。折しも桜が満開で、見応えがあった。国会図書館から皇居のお堀端までは、さほど遠くなかった。あのあたりは人通りが多いものの広々としていて、ゆったりした気分になれる。桜田門・日比谷公園等をまわり、帝国ホテル内の上等な店々を冷やかしたりもして、すっかりお上りさんそのもの。春爛漫の午後を楽しんだのであった。

（二〇一三・四・二十三）

水俣へ……………………………………淵上毛錢『淵上毛錢詩集　増補新装版』

三月九日と三月十四日、水俣市へ行った。

九日は、淵上毛錢墓前祭があった。毎年、毛錢の命日に催されているのである。午後二時から水俣市役所の裏手にある墓所に「淵上毛錢を顕彰する会」の人たちを中心に二十人ほどが集まり、肌寒い中、萩嶺美保さんによる読経に始まり、作家の吉井瑠璃子さんが司会をして全員で毛錢の詩「冬の子守唄」を朗読。そして、シンガーソングライターの柏木敏治氏が毛錢詩に曲をつけてうたった。墓前でのセレモニーの後は近くの東福寺に移動し、茶話会が行われた。そこでも水俣市内のコーラスグループによる歌や毛錢詩の朗読、弾き語りなどもあった。

今までと変わらぬ和やかな雰囲気のうちにも、正直なところ一抹のさびしさがあった。というのは、この寺の住職で「淵上毛錢を顕彰する会」の事務局長を務めていた萩嶺《はぎみね》強《つよし》氏が昨年(二〇一六年)の十一月に亡くなられたからである。享年七十四であった。温厚で包容力のある人柄だったから、みんなからとても好かれていた人だ。この人がいないのは、さみしい。寺での茶話会の中でわたしもちょっとだけ喋らされたが、お喋りよりも先に氏のお好きだった毛錢の「家系」を朗読した。わたしの編集した『淵上毛錢詩集 増補新装版』(石風社)に載っている詩である。

まづ
仏様に上げてからと
父は訓へ給ひ
母は忘れずに行ひ給ふた

父を喪ひ
母に亡くなられて

いつか　私も
仏様《ほとけさん》にあげてからと言つてゐる

お燈明《あかり》を上げ　鉦をならし
目を瞑つて　拝む

なじみになつた青い線香が俳句のやうに
匂ほつてくる

父祖の恩を胸に刻み
ときには

兵隊の弟の勇ましい鉢巻姿を思ひうかべることもある

顔を上げてほつと息をつく
子から子へ　子から子へと
あゝよきかな　絶ゆることなく
承け継がれて
えもいはれぬ　祖国は
栄え輝く。

この詩の中の、特に「なじみになつた青い線香が俳句のやうに／匂ほつてくる」という部分が萩嶺氏もわたしも大好きだった。「よくまあ、こういう表現が出てくるですよなあ」、二人とも「家系」のことを話題にするたびにこの部分をいつも褒め合ったのである。朗読しながら胸が熱くなってしまった。
次いで、三月十四日はエコネットみなまたというところに「渕上清園・卒寿書展」を観に行った。清園氏は書家であり、また淵上毛錢研究の第一人者でもある。その清園氏が今年九十歳、今もなお矍鑠《かくしゃく》たるもので日々書作品の制作や毛錢研究をつづけておられる。十四日は書展のオープニングだったので、一番乗りのつもりで午前十時、会場に飛び込んだ。すると、なんということ、すでに会場は清園ファンでいっぱいではないか。無論、御本人もいて、新聞やテレビの取材に対応しておられる。地元での清園氏の人気の程があらためて窺えるのであった。

そして、清園氏の作品群の圧倒的な存在感に感じ入ってしまった。広い会場に大小様々な作品が全部で六十八点展示してあったが、どれ一つとして同じ調子のものがない。力強いのもあれば、逞しいのもあり、かと思うとしなやかで繊細なおもむきの作品もある。一点一点に、その時その折りの書家のピュアーな魂が込められていて、感動的だ。どの作品も、見落とすことが許されぬ存在感を湛えてわたしたちの前にある。目を見張りつつ、観入りつつ、あるいは溜息を吐きつつ、じっくりゆっくり清園氏の書の世界にひたったのであった。

（二〇一七・三・二十七）

毛錢の最期は……………………緒方昇・菊地康雄・犬童進一編『淵上毛錢全集』

淵上毛錢墓前祭や渕上清園卒寿書展のために立て続けに水俣市へ出かけた関係で、あらためて毛錢の作品を読みかえしたり、その詩世界について考えてみたりもした。そして、一昨年（二〇一五年）十一月にわたしは『生きた、臥た、書いた——淵上毛錢の詩と生涯』を弦書房から出版してもらったのだが、その折り届いた反響の中の一つがあらためて甦ってきた。「生死の関頭にありながら命の炎が燃え尽きるまで表現しつづけた詩人の明るく、一瞬一瞬を大切に生き抜く姿勢が印象に残る。ただ、自殺説もある毛錢だけに重たい葛藤の掘り下げが欲しかった」（古江研也「散文月評」・「熊本日日新聞」二〇一五年十二月二十五日）

これはありがたい御指摘であった。わたしはもっと深く掘り下げて毛錢像に迫るべきだったのである。

ところで「自殺説」であるが、毛錢自身の書いたものやエピソードやらから自殺への衝迫を匂わせるような形跡は出てこないし、文学仲間や友人たちの回想記の類にもそのような話題は書かれていない。今まで、水俣で調査する時に毛錢本人を知る人たちと会った折りなどにはそれとなく訊ねてみたことがあるものの、やはり毛錢が自ら死を選んだとは誰からも聞いたことがない。それでは、自殺説はどこから出て来ているのだろうか。

指摘を受けた時、まずは久しぶりに全集をひもといてみようと考えた。わたしは以前に、普及版詩集『淵上毛錢詩集』（石風社）を編集した。その際、緒方昇・菊地康雄・犬童進一編集『淵上毛錢全集』（国文社）は作品校閲にも年譜の記述にも誤りが多いことから、編集作業をし始めて間もない時点でこれにはあまり頼れず、ただ参照する程度に止どめるべきだと判断した、という経緯がある。例えば、毛錢の父親・吉清が亡くなったのは一九二一年（大正十）一月八日で、享年四十四。喬（毛錢の本名）が満五歳の時だった。しかし、全集では一九三五年（昭和十）一月とされており、十四年ものズレがある。あるいは、一九四三（昭和十八）に毛錢の俳句「行き逢うて手籠の底の土筆かな」が「主婦の友」六月号読者文芸欄に淵上家付きの看護婦・田中房枝の名で二等入選作として掲載される。だが、全集ではこの出来事は一九三八年（昭和十三）のこととされ、しかも「婦人雑誌『主婦の友』の読者文芸に看護婦田中房枝の名で投稿した俳句が二句入選した。これが喬の作品が活字になった最初である」と記され、つまりは初出誌で確認できていないための誤りが生じている。ついでに言えば、俳句・詩等を含めて「喬の作品が活字になった最初」の出来事は、一九三九年（昭和十四）に「金魚」という詩が「九州文学」六月号に掲載された時である。こうしたふうで、普及版詩集の編集も評伝『生きた、臥た、書いた――淵上毛錢の詩と生涯』の執筆も主として毛錢について長年にわたって緻密な研究を続けておられる渕上清園氏に導いてもらいつつ、自分でも資料を読み込むし、あちこちへ調べに行くということを繰り返してきた。

ともあれ、「散文月評」で指摘されて久しぶりに『淵上毛錢全集』を見てみたのだったが、実は犬童進一氏の執筆による「解説・解題」の中で数カ所触れられている。まず、「釣詩稿」という詩について述べた中で、「毛錢はやがて自殺せざるを得ない状況に迫られた時、まことに、あらゆる疑心暗鬼の不幸からも脱却したかったのであろう」とある。次いで、「きんぴら牛蒡の歌」に関して、「私の家の周辺には、毛錢をはじめとして、Tさん、Oさん、Eさん、という風に、近年自殺者が相ついだ」と書かれている。ちなみに、犬童氏の家は、水俣市陣内の真ん中を走る道を挟んで毛錢宅の斜め向かいに位置する。それから、「寒林独座」について述べた中で、「自らの詩の世界を確立するために、わざと病いをおもくし、家計がかたむくのをかたむくにまかせ、しかも自らをいためつけ、自決するのである」と論じてある。また「枝豆」を解説するくだりでは、「子供も三人出来、そのゆく末を思うと、毛錢自身が迷惑をかけて生きているようで、どうせなおらぬ病いならば、早く自決した方が、家族のためになると思った」「死を決した毛錢は、枝豆となり、自然そのものとなり永生への転生を期している」、こういったぐあいである。つまり、毛錢の自殺はすでによく知られた事実、詳しく説明するまでもない自明のこととされているわけだが、犬童進一氏は、なぜこのように「自殺」を自明の前提として記述するのか。どうして詳しく解説することをしていないのだろうか、と首を傾げてしまう。

ただ、しかし、『淵上毛錢全集』の刊行より五年前、氏は「日本談義」一九六七年（昭和四十二）七月号に発表した「淵上毛錢―その一側面―」において自殺説を展開している。それは確かなことである。これによると、死去する前の毛錢は「大変苦しんだ由で、その為にミチヱ夫人に睡眠薬をくれと再三希望し、夫人の心を痛めさせたのである」とした上で、

従ってミチヱ夫人は、苦しむ毛錢の姿を見るに見兼ねて、いつそのこと多量の睡眠薬を、毛錢が希望するとおり与えようかという誘惑にとらえられることが多かつたのであろう。見るにみかねての夫人の苦病は、読者にも想像がつくであろうけれども、特にその斜向いの家に住んでいて、時々その苦しみの声が通りにきこえる位であつた毛錢の苦痛を知る隣人としての私は、

そのさまが実によくわかるのである。

犬童氏は、近所に住む人間としてこのようにミチヱ夫人の心の内を推量している。ただ、氏の家は確かに淵上家の斜め前にあるものの、間に陣内の大通りが走っている。しかも毛錢は、道から入ったずっと奥のところに二階建ての屋敷があって、その中で闘病生活を送っていた。犬童家までだいぶん距離があるので、苦しみの声が届くだろうか。

さらに続けて、氏は次のように記す。

その或る日、耐えられぬひどい苦しみを呈していたとき、一寸買物に出かけていたミチヱ夫人の留守時に、ふと枕辺におき忘れて在つた薬物を、毛錢は一気にのんで、昇天したのである。

ここまで辿ってみて、不可解な気持ちが湧いてくる。氏はこのようなことを現場で目撃したのだろうか。あるいは、ミチヱ夫人から直接聞き取ったのであろうか。でも、「淵上毛錢─その一側面─」には、目撃したとも夫人から聞いたとも記されていない。では、ミチヱ夫人は毛錢について思い出話を幾度か発表しているが、そこに披瀝された話かと言えば、違う。ミチヱ夫人は自分の夫の「自殺」のことなど一回も書いていない。とすれば、犬童氏はこれを毛錢の家族や友人たち、もしくは近所の人から聞いたのであろうか。あるいは、誰か研究した人がいて、それをもとにしての記述なのだろうか。しかし、そうしたことが分かるような断り書きもない。話の出どころ、つまり「自殺」の話を裏付ける根拠となるものが全く示されていないという、これが氏の「淵上毛錢―その一側面―」の特徴である。犬童氏は毛錢の死を自殺であったろうと推測しているに過ぎないわけであり、このように推測で人の生死を語っていいものであろうか。「自殺説」として取り扱うには、はなはだ危うい。

毛錢自殺説について指摘を受けて間もなく、念のため毛錢の姪（姉・代美さんの娘）にあたる宮崎寿子さんに電話で聞いてみたのだが、そんな話ははじめて聞いた、と、たいへん驚いておられた。

毛錢の臨終間際のことについて、渕上清園氏の調べたところでは次のとおりになる。

清園氏は一九七三年（昭和四十八）三月二日に八代市在住の毛錢の姉・代美《ヨミ》さんから話を聞いているのだが、代美さんは一九五〇年（昭和二十五）三月八日の夜、弟の容態を案じて水俣の毛錢宅へ駆けつけたのだという。枕もとにはミチヱ夫人の他に四、五人いた。弟の庚《かのえ》氏や、友人の六さんこと本間六三氏なども来ていた。俳優で歌手でもあり、当時水俣に帰っていてしょっちゅう立ち寄ってくれていた深水吉衛氏は、その時は来ていなかった。ちなみに、後に書かれた火野葦平の小説「詩経」（「群像」一九六〇年四月号。後に三笠書房より単行本刊行の際に『ある詩人の生涯』と改題）の中では、毛錢の臨終の際に傍にいてやったのは代美さんだけだったことになっているが、これはあくまでも「小説」である。事実を叙述したものとして扱うわけにはいかない。そして、毛錢は、亡くなる三時間ばかり前、「姉さん、小用が出んけん、今度はどうしたって駄目ばい」

と言った。その時間帯には、

貸し借りの片道さへも十万億土

との辞世を詠んでいるが、それは誰が筆記したか。少なくとも代美さんは書き写すことをしなかった由である。また、「死ぬ間際に、喀血などはなかった。喬（毛錢の本名）は、早く終われば良か、との自覚は確かにあったようだ。でも、自殺では決してなかった。そんな力はもう残っていなかった」と代美さんは清園氏に語ったそうである。三月九日午前八時十分、毛錢は息を引き取った。これは戸籍謄本の記載と一致する。ちなみに、『淵上毛錢全集』や当時の熊本日日新聞の記事では死亡時刻はなぜか九日の午後七時二十五分となっている。

わたしは、代美さんが渕上清園氏に語ったことについて鵜呑みにするつもりはない。ただ、犬童氏の根拠のない推測に比べて具体性に富んでおり、よほど耳を傾けることのできる話だと考えている。

今日も、毛錢の詩を読んでみた。亡くなる少し前ぐらいに書かれたろうと思われる作品「死算」、あらためて胸に響いてくる。

じつは

大きな声では云へないが
過去の長さと
未来の長さとは
同じなんだ
死んでごらん
よくわかる。

（二〇一七・四・五）

三

ていねいに
生きて行くんだ

秋風に吹かれる鯉幟（福島県南相馬市、2011年9月）

人間いつでも死は訪れるのだな、と思う。

二〇一一年（平成二十三）の東北の大地震、あれは凄かった。後で現地を訪れて、正直、打ちのめされた。二〇一六年（平成二十八）の熊本地震の際には、幸いにひどい被害には遭わずに済んだものの数ヶ月の間ずっと怯えて過ごした。天変地異の前に人間はほんとにひ弱なものなのだな、と思い知らされた。またそれだけに命の尊さをひしひしと感じた。

自分の体のことを言えば、一九九一年（平成三）に初めて癌を患った。甲状腺癌であった。医者から事実を知らされたとき目の前の景物がいやに新鮮で、ありありと、つまり見えすぎるくらいにはっきりクッキリ見える。物音も、ごく小さな音であってもうるさいくらいに聞こえてしまう。そのような、視覚や聴覚の異常なほどの敏感な状態に襲われて、怖かった。二度目は二〇〇五年（平成十七）であった。下咽頭を中心に腫瘍が三つできていることが判明した時、やはり同じく極度に過敏な状態となった。自分は全身でこの世を慕っていたのだ、そうであるに違いなかった。もっとも、もう怖くはなかった。以後も三度の癌を経験したが、不思議と視覚にも聴覚にも変化が出なかった。

今からふり返ると、二度目の癌になった時を境にして、それ以前と以後とでは自分自身が違ってきているように思える。

そしてここ数年で若い頃からたいへんお世話になった方たちが一人、二人、三人と次々に亡くなられた。わたしの姉や妻の兄さんも、あの世の人となった。そして、二〇一八年（平成三十）の七月には、長年連れ添ってきた妻が癌で逝った。今、さみしくてならぬ。人間、やがては命尽きるときが来るのだな、と分かっていても、妻の死には特にそれを痛感させられた。

淵上毛錢の詩に「出発点」というのがある。

美しいものを
信じることが、

いちばんの
早道だ。

ていねいに生きて
行くんだ。

この詩が何かにつけて頭に浮かんでくる。そう、せめてはていねいに生きることだ。やがては尽きる命であっても、現在ただいまの状態を大切に思う。生きるに値する毎日なのだから。

災

天変地異の怖さ

天変地異の怖さ……………………………………若松丈太郎『北緯37度25分の風とカナリア』

東北・関東の地震と津波のもの凄さには圧倒された。未曾有《みぞう》の事態である。

三月十一日、午後三時半頃に行きつけの喫茶店で地震のことを耳にした。しかも、津波も発生したらしいとのこと。それで、帰宅して後すぐにテレビをつけたら、東北の港町を津波が呑み込む様やコンビナートが炎上する等の映像が映し出されて度肝を抜かれた。背筋が寒くなってしまった。それ以来なにかにつけてテレビの前に坐り、福島原発の危機的状況や被災地の様子を報じる画面にハラハラしたりして過ごしている。

実は、三月五日には東京へ出たついでに家族で茨城県の那珂湊へ遊びに行ったのである。堤防に立つと目の前に広大な海と空があり、水平線がほんの少しカーブしているのが見てとれる。やはり地球は丸いのだな、と実感した。ほんとにきれいな青い海、白い砂浜だった。漁港のおさかな市場には海産物の店がずらりと並び、新鮮な魚介類がわんさか売られていて、「ヨッ、いらっしゃい」「負けとくよ!」などと威勢のいい声が飛び交っていた。その那珂湊方面も津波にやられたようである。東北の三陸海岸に比べたら被害は少なかったそうだし、わたしたちを案内してくれたTさん御夫妻もその実家の方達も無事だとのことだ。しかし、あの海岸線で威勢よく働いていた人たちはどうなったことか。仮りに命に別状はないとしても、これからの復旧に伴う困難は計り知れない。

弦書房から詩集『越境する霧』『北緯37度25分の風とカナリア』を出版している福島県南相馬市原町区在住の若松丈太郎氏は安否が確認できず、心配していた。しかし、今日(三月十八日)、ご本人から弦書房に連絡が入り、元気であるとのこと。いやあ、本当によかった。

昨日の昼、近所のマーケットの前で、

「えらいなことよなあ」

「どうも、この頃、世の中おかしくなってきたばい」

と中年の男たちが語り合っていた。その時は聞き流しただけだったが、帰宅してからジワリと違和感が湧いてきた。「この頃世の中おかしくなってきた」とは、政治情勢も不安定だし妙な犯罪も起こる、景気も悪い、この大地震もそのような思わしくない現象の一つに数えられる、世の中おかしくなるばかりだ、と言いたいのだろうか。そのとおりかも知れないが、なんだか納得できない気分だ。

それから、新聞記事によると東京都知事・石原慎太郎氏は「日本人のアイデンティティは我欲になった」「津波をうまく利用してだね、我欲を一回洗い落とす必要があるね」「これはやっぱり天罰だと思う」と発言した由である。「被災地の方々はかわいそうですよ」との一言を添えた上でのコメントだったらしいが、それでもどうしても首を傾げざるを得なかった。案の定、その後メールや電話で批判が殺到し、発言を撤回して謝罪したそうである。

天変地異《てんぺんちい》というものは、世の中がおかしかろうがおかしくなかろうが、また人間が我欲にかたまろうがかたまるまいが関係なく起こる。しかも今度のように遠慮会釈なしに襲いかかってくるから、喩えようなく怖い。そうではないのかな?

（二〇一一・三・十八）

現地からの声を読む…若松丈太郎『福島原発難民　南相馬市・一詩人の警告　1971年〜2011年』

この頃、近所で晩白柚《ばんぺいゆ》等の柑橘類の花々が濃厚な香りを発していたが、今日あたりは少し散りつつある。代わって目立つのが青梅である。丸くて、つやつやして、鈴生《な》りだ。木々の緑も濃くなって、初夏の趣きというよりも早や梅雨前線が近づきつつあるような、そんな気配すら感じられる。
詩集『北緯37度25分の風とカナリア』（弦書房）の著者である若松丈太郎氏から、新刊『福島原発難民　南相馬市・一詩人の警告　1971年～2011年』（コールサック社）が届いた。さっそく読んだ。原発をテーマに書かれた詩やエッセイ十五編が収められ、巻末に鈴木比佐雄氏による解説が付されている。
若松氏がずっと以前から原発の問題点に気づき、それがひいては地域の生活文化を破壊してしまうことを警告しつづけてきた人であることは、詩集を読めば察せられる。しかし、このたびのこの本はその考えがもっと具体的に伝わってくるし、さらには現在ただいまの現地の情況もレポートされている。

わたしの住居から、浪江・小高原発は一五km、東電福島第一は二五km、同第二は三八kmの距離にある。立ち入りが禁止されているチェルノブイリ三〇km圏内の、耕作を放棄した農地や、人が消えたプリピャチ市の荒涼たる風景を、わたしのまちの風景に重ねる想像力をもつことはきわめて容易なことだ。（「チェルノブイリに重なる原発地帯」）

これは五年前の二〇〇六年（平成一八）に書かれたエッセイだそうだが、このたびの大震災で氏の予言はものの見事に的中したことになる。しかも、警告しつづけてきた本人みずからが、現在、原発難民として苦しまねばならないのであり、現状レポートの中で氏は「危惧したことが現実になったいま、わたしの腸は煮えくりかえって、収まることがないのだ」（「原発難民ノート——脱出まで」）と記す。この煮えくりかえった心情は並大抵なことで癒せるものではないだろう。

また、巻末の鈴木比佐雄氏の解説を読むと、四月九日、若松氏に同行して現地を巡ったのだという。小高区の埴谷島尾《はにやしまお》記念文学資料館が破壊されていないか見に行ったところ、福島第一原発二十キロ圏内で立ち入り禁止区域となっていた。しかし若松氏が資料館の関係者ということで立ち入りができて、中は展示されていた写真パネル等が下に落ちていたものの、建物は大丈夫、津波にやられていないことが確認できたという。そこはわたしも若松氏の案内で二度訪れているので、気にかかっていたから、ホッとした。

ただ、故・島尾敏雄氏の父親のルーツである小高川河口付近は色々のものが無残に破壊され、田畑に残骸をさらしていたという。昔の風情を遺す美しい風景が広がっていた一帯、それがメチャメチャになってしまったのかと思うと、もう言葉を無くしてしまう。（二〇一一・五・十三）

秋風に吹かれる鯉幟……若松丈太郎氏と共に

九月二日・三日、友人とともに福島県へ出かけ、詩人・若松丈太郎氏の案内で南相馬市の原町区・鹿島区を見て歩いた。

東京から福島まで新幹線で行き、福島からはレンタカーを使った。友人が運転して、阿武隈山脈の鞍部にあたるところを越えたのである。南相馬市では、ほんとは、かつて二度訪れたことのある小高区（旧小高町）まで入り込みたかった。戦後派作家の埴谷雄高《はにやゆたか》の出身地だし、島尾敏雄の父祖の地でもあるから、ゆかりの家々や墓所などが遺っていた。かつて訪れたときに色々話を聞かせてもらったり、食事しに行ったりしてお世話になった人たちの家もある。しかし、原町区と小高区の境い目にある検問所で警察官に阻まれてしまい、それでもと頼み込んでみたが、果たせなかった。

その代わり、どんより曇って雨が降りそうな空模様の中、若松丈太郎氏が立ち入り可能な地区内をあちこち案内してくださった。若松氏の家はJR原ノ町駅の近くにあって、三月十一日は揺れがひどく長く続いて家財や蔵書がバタバタ倒れたり棚から落ちてしまったが、家は壊れなかった。原町区は地盤がしっかりしているため、地震に強いのだという。

「小高区の方が液状化現象も起きたりして、壊れ方がひどいですよ」

とのことである。

市街地を抜けて海岸部へ入った途端、様相が一変した。目の前に瓦礫の荒野が広がるのである。荒野の果てに海がまた広がり、台風のあおりを受けて白波が寄せ、岸にぶつかっては弾ける。若松氏が、

「以前はずっと木々が生い茂っていて、海は見えなかったのです」

とおっしゃる。それが、海岸の松林や家々の防風林を大津波がいっぺんに攫《さら》っていったため、今はこんなにも広々と視界が利くようになってしまったのだという。

そして、何とも言えぬ異臭がする。考えてみれば、津波が陸地を襲ったのだから、生活排水もヘドロもガソリンも汚物等も何もかもがごっちゃになって渦巻いた後、台地に浸みているのである。一番胸をしめつけられたのが、萱浜というところで見た鯉幟《こいのぼり》である。このあたりは民家がいくつもかたまる集落だったのだが、津波にごっそりやられてしまった。行方知れずになった家族が帰って来られるよう、目印にとの思いで鯉幟が上げられ、そしてそれはずっと上げられたままだという。鯉は、千切れそうなほど傷んでいた。

また、海から四キロも五キロも入り込んだ道端や田んぼの中やらに、大きな漁船が幾隻も放置されていた。船の傍らに立って海の方を眺め渡しても、海は見えない。津波はこんな遠いところまで押し寄せてきたことになる。若松氏によれば、

「この先の海岸に漁港があるので、このあたり船があちこち押し流されてきているのです」

とのことである。放置されたままであるが、片付けようにも、まだまだ手が回らないのだろう。

何もかもが強烈で、ほとんど言葉を失うくらいであった。でも、この目で見たこと、鼻先が嗅ぎ取った異臭、これらのものを忘れずにおこう。来て、確かめて、よかった。確かめなければ分からなかったのだ、と譫言《うわごと》のように自分に言い聞かせた。


（二〇一一・九・七）

地震はいつ終わる？……………………前震・本震、そして余震に怯える日々

熊本地震は、不気味である。発生後一週間経ってまだ収まる気配がない。

最初の一撃は四月十四日（木曜）の午後九時二十分過ぎだった。早寝早起きの常としてすでに寝床に入り、ウトウトしていた矢先にドーンと来た。激しく縦に揺れた後、横揺れが始まってビックリし、飛び起きた。本棚が倒れて来はしないかと危惧したが、何冊かが落ちただけで済んだ。これは、かねてから棚を金具で固定しているので大事に至らなかったのだろう。テレビをつけたら、益城町で震度七、わたしたちの住む八代では震度五弱との発表があり、ただならぬ事態が始まったのだと覚悟した。そして徐々に状況が明らかになって来て、益城町や熊本市等でたくさんの家屋が倒壊したとか土砂崩れが起きた、死者が出たとの報が相次ぐ。これはほんとに大変なことになった、と痛感した。落ち着かないのが「余震」で、横になっているとドドと来る、起きて片づけものをしていて激しく揺れる、こんな時こそ肝を据えなくてはと庭で草むしりしているとユラユラする。

以後、なかなか眠れぬ落ち着かない毎日が続くことになる。

さらに、普通知っている地震と今度では違っているゾと思ったのが十六日午前一時過ぎ、またもや寝ているところを起こされてしまった。十四日よりも強く激しく揺れて、怖かった。一メー

トルの津波発生との発表があって、これだと台風時の大波の方がよほど怖いくらいで、慌てる必要はない。むしろ次から次に「余震」が来て、こっちの方が不気味で落ち着かない。そうするうちにテレビで、一昨日の地震は「前震」であり、先程のが「本震」と思われるとの発表が行われ、何ということだ、こういうパターンの地震が今まであったろうか、と驚いた。南阿蘇村の惨状が伝わり、また、八代市内では川向こうの町内でアパートが火事になり延焼しつつあるとの情報が入って不安が募った。後で知らされたが、西原村・益城町で震度七、八代では震度六弱だったそうだ。

震源が大分県方面と八代市方面の両方に広がりつつあるというので、日奈久断層上に住んでいる人間として心配していたところ、十九日の午後六時前、親しい友人と電話で語り合っていた最中にドドドドドと激震が来た。家中が揺れるし、物が落ち、体が不安定になって坐り込んでしまう。十六日の「本震」よりはるかに強い地震だと感じた。後で震度五強と発表され、それならば十六日の方がひどかったことになるが、やがて震源地がわたしたちの町内の真下だったことが判明し、だから今までよりも激しく体に伝わったのだと知った。

それで、決断した。夜は家の者と一緒に近くの小学校の体育館に避難して、四百余名の人たちと共に過ごした。なかなか寝つけない状態でありながら、皆さんマナーが良くて静かであった。顔見知りの人も結構来ていて、心強かった。グラウンドの方は避難してきた人たちのために、駐車場として開放されていたが、車内で寝る人も多く見られた。そして、二十日午前五時前に行動を開始した。まず、いったん家に戻って荷物をまとめた。福岡在住の姉さんの家に身を寄せたいという近所の方をも、乗せてあげた。それからあらためて出発。高速道路は熊本インターの手前の方で地震の被害が出ているとのことだったから、国道三号線を走った。熊本インターまで行ってから高速道路に入ったのだが、福岡市まで四時間半かかった。そして、娘のところへ避難した。

友人・知人等から電話やメールで声かけが届いて、元気づけられた。自分たちのことを気にしてくれている方たちがとてもとても多いのだと初めて気づき、厳粛な気持ちになった。世の中には、他人のことを我がことのようにして思いやってくれる人がこんなにも多いのだ。だがまたそれだけに、亡くなった方たちや避難所暮らしの人たち、被災地での懸命の復旧作業のことなどを思うと胸が痛む。いつになったら元の平穏な状態が戻ってくるだろうか。（二〇一六・四・二十）

阿蘇へ行ってきた……………………………熊本地震の爪跡

五月九日、阿蘇市へ友人S氏を訪ねた。

午前八時過ぎに八代を出発。国道三号線と四四三号線を通り、大津町で国道五七号線へ出た。ただ、大津も、市街地の外れまで行くとこないだの地震による大規模土砂崩れのため通行止めである。国道三三九号線（通称ミルクロード）へと迂回し、二重峠を経由して阿蘇の盆地内に入ることができた。その間、ずっと雨。御船町を抜けて益城町中心部を通過する時、あたりは地震被害の最もひどい一帯で、メチャメチャに倒壊したり、歪んだり、屋根に青いビニールシートを被せたりしている家々が雨に打たれていた。ミルクロードでは濃い靄が立ちこめていて視界が悪く、ライトを点けてのノロノロ運転であった。

友人S氏が居る阿蘇市狩尾というところへ辿り着いて、まずは家屋がなんとか無事であったのでホッとした。無論、物は色々散乱したそうだ。彼が語るには、四月十四日の地震はかなり強い揺れだったもののこれといって被害は生じなかった。ひどかったのが十六日午前一時二十五分の「本震」で、激しく揺れたのはいうまでもなく、地震発生後三十分ほどは近くの外輪山方面でゴロゴロ、ゴロゴロゴロと音が続いたという。山中の岩という岩が揺れたり、転げたり、互いに触れ合ったりしたのだったろうか。夜の闇の中で山が轟く……さぞかし不気味だったろうと察せられた。

彼が耕す田んぼまで案内してもらう途中、地面が陥没していた。深さ一メートル五十センチほど、幅約二十メートルにわたっており、長さはどれほどあるだろう。家屋敷や樹木等で視界が遮られるためよく分からなかった。言うまでもなく、付近の家々は傷んでしまっている。ともかく地面がひどく落ち込んだため、道路も、人が両端に立って運転手や通行人を誘導してやらないと危険である。そして田んぼの方へ行くと、あたりは広々としている。雨が降り、靄が立ちこめるのでよく見えないが、南の方角にはいわゆる阿蘇五岳が連なり、背後に外輪山が屏風のように横たわる。普段はほんとに気持ちいい風景であろう。S氏の田んぼは全部で四枚、二十反。田んぼ全体が若草に覆われていて初めはよく見分けられなかったが、よくよく目を凝らすと亀裂が走っている。「あれが?」と訊くと、彼が「そぎゃんです」と答え、とにかくこれでは水漏れがするため田植えができないという。

S氏の家へ戻ってから、裏の方へ連れて行かれた。そこには大きなビニールハウスがあって、中に稲の苗がビッシリ置かれていた。これら全部が田植えできないままとなってしまうのか……。自らの働く場所を「とんぼとかえる農場」と名づけて、夫婦でせっせと耕してきたS氏、このたびは大自然からこういうまさかの仕打ちを受けた。その胸の内を思うと、言葉が出なくなってしまった。

後で二人で阿蘇神社に参拝したが、楼門も拝殿も崩壊していた。実に天変地異は怖い。

（二〇一六・五・二十三）

この頃はおおむね眠れる……………………鳥津亮二「熊本・八代地域の地震関係年表」

このたびのいわゆる「熊本地震」、四月十四日の「前震」発生以来、たいてい夜中に二度か三度ガタガタっと揺れが来て目が覚めてしまい、そうなるとしばらくは寝つけず、睡眠不足が続いた。福岡に住む娘のところに身を寄せ、わたしは一週間、女房は二週間ほど居たろうか。そのように避難しないと、気が気でなかった。五月の下旬に入って余震にもおおむね気づかずに眠れるようになったのだが、それだけ地震が終熄に向かっているということなのか、それとも単純に自分が慣れてきたからか。ただ、六月七日午前二時四八分の震度三は地元八代が震源で、さすがに久しぶりに目が覚め、飛び起きてしまった。いつなんどき地震に襲われてもすぐに動けるように、普段着のままポケットに財布や免許証等を入れた状態で寝るようにしている。こうした警戒態勢はまだまだ続ける必要があるようだ。

わたしの住む熊本県八代市の地下には日奈久断層が走っており、これがいつ大きな動きをするのか警戒が必要だそうだ。人吉出身の先輩・佃為成氏が、時折り電話でアドバイスしてくださる。佃氏は東京大学地震研究所にいた人で、『地震予知の最新科学』(ソフトバンク・クリエイティブ)『大地震の前兆と予知』(朝日新聞社)等の著書がある。二三日前も、わたしが電話で、

「八代は、一六一九年(元和元)三月に小西行長ゆかりの麦島城が大地震によって崩れてしまったとげなですもんね。わが家のすぐ近くですよ」

と言ったら、先輩は、

「うん、いや、だけどな、あの地震はたいしたことなかったんだよ」

とおっしゃる。それよりも、七四四年(天平十六)や八六九年(貞観十一)の時の方がはるかに凄いものだったことが色々の史料や調査研究によって分かるそうだ。

そんな話を電話で聞いた二、三日後に、八代市立博物館の鳥津亮二氏が作成した「熊本・八代地域の地震関係年表」という題の資料を見ることができた。これによると、確かに一六一九年

（元和元）の麦島城崩壊の地震は推定マグニチュード六・〇から六・二程度だが、七四四（天平十六年）五月の時のマグニチュードは七だったらしい。雷雨と大地震が発生して八代・天草・葦北三郡の官舎や田二九〇余町、民家四七〇余区が水没し、溺死者は一五二〇人、山崩れ二八〇ヶ所、圧死四〇人。また保立道久著『歴史のなかの大地動乱』（岩波新書）を見ると、八六九年（貞観十二）の地震では肥後国の官舎がことごとく倒壊したのだそうだ。つまりわれわれ八代市民は、いつどういうふうにこのような大きな地震に襲われても不思議でないわけだ。こないだよりももっとひどい地震が来たら、わが家は持ちこたえられるだろうか。それどころか命を落としてしまうかも知れない、などと想像して、空恐ろしくなる。

しかし、である。それがいつ来るのか。考え始めたら切りがない。でも、地震は深い地底の御機嫌次第で発生すること。人智の及ぶところでないので、ここはひとつ大地震が生じた際の避難法や日ごろの備えなど対応策を工夫しておく、そしてあとはもう不安が湧いて出ても無理矢理に胸の奥に押し込んで、いちいち気にしないようにして日々を過ごすしかない、という心境だ。そういえば、五月の半ばに友人が「紫陽花や今日で地震も一ヶ月」と俳句を詠んで、見せてくれた。気のおけぬ仲だから遠慮なく「なによ、これ、ノンキな句だねえ」と冷やかしてやったが、しかし実は彼も同じような気持なのかも知れない。

（二〇一六・六・十）

潔

病いと向き合う

いやしんぼの弁明……宇江敏勝『炭焼日記』

ある友人から電話で、

「君のコラムを読んでるが、よく食うよなあ」と言われた。

「そんなことはなかろうもね」

と否定してみせたのだが、気になった。だから読み返してみたら、実は友人の言うとおりであった。わたしは確かにしばしば食い物のことを書いている。


それで甦ってきたのが、六年前（二〇〇五年）、熊本大学病院で約四ヶ月間入院生活を送った時のこと。下咽頭に一カ所、その近くのリンパ腺に二カ所、合わせて三カ所に悪性腫瘍ができていた。それを潰したり取り除いてもらったりしたのだが、抗癌剤点滴治療や放射線照射でさんざん苦しめられ、あげくにはバッサリ手術という、常に閻魔《えんま》大王と対面しているような闘病の日々だった。薬の副作用で倦怠感に悩まされたり吐き気が続いたり、全三十五回の放射線照射により喉がひどい火傷状態になり、痺《しび》れ薬を飲んでからでないと食べ物が嚥下できない毎日だった。手術で首筋の筋肉がだいぶん削がれて、細首となってしまった。

だが、なんと、一度も病院の食事を食べ残さなかった。時には空腹に耐えかねてひそかに病室を抜け出し、食堂でラーメンやらチャンポンやら食っていた。抗癌剤の副作用で胸がムカムカする時も、エエイと思い切って食べ物を呑み込んだら、不思議や、ウエッとならない。ナーンダ、嘔吐するのかと懼《おそ》れていたが、大丈夫だ。自信がつくのだった。そんなことを久しぶりに思い出し、そうなのだ、自分はどうしようもなく食い意地が張っているのだな、とあらためて自覚した。こういう人間を、わがふるさと熊本県人吉地方では「いやしんぼ」と呼ぶ。しかし、である。食べるから、生きられる。生きているから、食べるのも愉しい。そうではなかろうか。

さらに思い出すのが、病院にいる時読んだ本のことだ。じっとしているとすぐに死の恐怖に苛《さいな》まれるから、イザベラ・バードの『日本奥地紀行』（平凡社ライブラリー）や石牟礼道子著『天湖』（毎日新聞社）、光岡明著『恋い明恵』（文藝春秋）等々、次から次に読みあさった。そして、食欲の面で最もそそられたのが宇江敏勝著『炭焼日記』（新宿書房）だった。紀伊半島にあって、山林伐採の仕事に従事しながら作家活動を続けている人の書いた本だ。山での労働の話が具体的でとても興味深いのだが、食事の場面がまたひどくそそられた。たとえば、雨のふりつづく日の飯場での夕食。

「おかずはソーメン汁とアジの干物とタクアン。食器は碗も皿もブリキ製で、できたての汁を入れると、手に持てないくらい熱い」

あるいは、ある秋の日には、

「夕食のおかずは、鶏肉と白菜の煮付と大根葉の漬物。日本酒が品切れになったので、連中は手持ち無沙汰である。焼酎はまだ蓄えがあるが、それを飲むのは私だけだ」

ちっとも御馳走なんかでない、ありあわせのもの。でもその粗末な食事のことがこの作家によって綴られると、なんてうまそうに伝わることか。汗にまみれていちにち労働したあとの、体全体が欲する食べ物、飲み物。だからこそ著者の叙述は読む者を食欲の原点へと誘《いざな》ってくれるのだと思う。

（二〇一一・二・四）

お見舞いをしてきた……………………………………正岡子規『仰臥漫録』

知人・友人が、相次いで癌治療のため入院した。その内の一人、かねて畏敬して止まない年上の文芸評論家・E氏を数日前にお見舞いしてきたが、抗癌剤の副作用にめげず病院食を残さず食べておられるので安心した。ちゃんと食べるのは、即、病いと闘う意欲がしっかり備わっている証拠である。

正岡子規の『仰臥漫録』（講談社学術文庫）を読むといい。三十五歳で果てるまで、脊椎カリエスの激痛にめげず、大好物の刺身をはじめとして色んな食べ物に執着する日々である。また、結核性股関節炎でベッドに呻吟しながら子規と同じく三十五歳で逝った淵上毛錢は、戦時中、しきりに惣菜のことを詩に書いている。『淵上毛錢全集』（国文社）に収録されている「きんぴら牛蒡の歌」「焼茄子讃歌」「人参微吟」の三編がそれで、総菜三部作である。物資の窮乏する中、御飯のおかずがきんぴらだったり焼き茄子、時には人参の煮たものしかお膳に上らない。しかしそうした貧しい食膳に毛錢は執着した。結核が死病であった時代、子規も毛錢も生きられるだけ生きたいから食うことにこだわった、と理解したい。食事への執着は傍目《はため》には浅ましく映じるかもしれないが、わたしはこの二人の闘病生活はたいへん好ましいと捉えている。

むろん、子規も毛錢も癌患者と比べて楽だったかも知れない。癌の場合、抗癌剤点滴や放射線照射にはひどい副作用がつきもので、吐き気が生じるし、体がだるくなり、食欲もひどく減退する。結核性の患者よりもずっと困難な条件に耐えねばならないので、だから単純に比較したりはできないだろう。ただ、患部の悪化による激痛には苦しめられたはずである。

それと、E氏が四人部屋にいらっしゃるので、

「相部屋がやはりいいですよね」

と率直に申し上げた。自分の入院生活を思い出したのである。二度目に癌をわずらった際、抗癌剤点滴により白血球の数が極度に減少して一〇〇〇を下回ったから、感染症の予防のため一週間ほど個室に入れられた。ところが、個室に一人で寝ているとロクでもない悲観的な心配ばかりが湧く。はじめ下咽頭に生じた癌がリンパ腺に転移して、二個も余分な腫瘍ができていたから、怖くてしかたなかったのである。つまり、死への恐怖だ。自分の命はいつまで保《も》つのだろうかとか、病気が進めば痛みもひどくなるに違いないとか、死んでしまえば真っ暗闇の状態が永遠に続くのか、遺された家族はどうなるかとか、良くないことばかり考えてしまう。だから、一人きりでいるのが嫌で嫌でならなかった。白血球がある程度回復してから相部屋へ戻され、同室の数人の患者さんたちと雑談できた時は気分がサッパリとして、悲観的妄想が吹っ飛び、食欲も回復した。他人と一緒の入院生活は、わがままな人もいたり気兼ねが要ったりで、なにかと煩わしかったりするが、でもやはり相部屋で日々を過ごしてよかった、と思う。人は一人で生きているのではない。人と人とが結びつき、意思疎通をし合って生きるのだから、入院生活には相部屋が健全である。

よく食べて、同室の人と愚痴をこぼしたり冗談を飛ばし合ったりして、寝るときには快癒した後どんなことをしたいか夢見てほしい。——でも、E氏はすでにこんなことも承知の上で闘病しておられるのだと思う。

（二〇一三・六・二十一）

コキの感慨……島村正『不壊』

今日、はたと気づいたのだが、もうだいぶん秋である。近所の田圃の畔に彼岸花が咲き、柿の実がやや色づいてきている。早いもんだな、とため息が出るくらいだ。

そう言えば、実は七月二十二日の朝、娘から「コキ、おめでとう」云々とのメールが届いて、最初はキョトンとしてしまった。何のことなのか、思い当たらない。しかし、しばらくしてから、そうか、今日は俺の誕生日だ。だから娘が祝福のメールをしてくれたわけだ、と、ようやく腑に落ちたのであった。するとつまり「コキ」は「古稀」であり、自分は七十歳に達したことになる。歳をとるのは早いもんだなあ、と思った。ただ、それは中国唐代の詩人・杜甫の詩に「人生七十古来稀也」とあることから七十歳のことは「古稀」と言われつづけてきたのだが、高齢化が進んできた現代にあって、七十歳に到達しても誰も長寿とは見なしてくれぬだろう。また、自分自身が年齢のことをあまり意識しなくなっている。だから、誕生日の朝、それが七十という区切りの歳となったにも関わらず失念してしまっていた。古稀を迎えたことに気づいても、格別の感慨が湧かなかった。

今になって思い出すのだが、かつて自分が年齢のことを強く意識した時期があった。それは三十歳になってからの数年間であった。一九七七年（昭和五十二）の夏、誕生日が来た途端になんだか胸の中にさみしい風が吹き渡った。心がへこんだ状態というか、しらけた気分。以後、数年間続いたから不思議であった。しかも、胸の中が空虚であっても、現実には酒はじゃんじゃん飲むし、人とのつきあいも盛んだったから、傍目《はため》には元気いっぱいだった。それなのに、二十歳代の頃と比べて内心ひどくへこたれていた。自分はもう若者ではなく、「おっさん」になってしまった、という気落ち。そして、若者でなくなってしまった空虚さが数年間で消えると、代わりにいくら歳を重ねても実感が湧かないようになった。だから、七十歳となった誕生日にも、格別どうという感慨もなかったのである。

もっとも、一つだけ良い刺激があった。最近、静岡市在住の島村正氏から最新句集『不壊』（文學の森）が届いた。氏は若い頃から敬愛している俳人で、七十四歳となった現在も盛んに句を詠み、後進の指導も熱心にやっておられる。パラパラと句集を捲っていて、次の一句に目が貼り付いてしまった。

天心に月あり吾に未来あり

夜空にきれいな月が浮かんでいたわけだ。それを仰ぎながら、空にお月様があるように、自分にも未来がある、と言いきっている。なんという潔い意思表明であろうか。若い者ならいざ知らず、古稀を越えた人が「吾に未来あり」と断言するのである。ちなみに島村氏は、現在、胃癌の手術を受けて、療養を続けていらっしゃる。その人が、こう詠んだ。この句に目が貼り付いて、ジワーッと共感が満ちてきた。そうだな。自分も今まで癌を五回経験してきた。にもかかわらず、幸いなことに生きながらえている。コキを迎えてどうという感慨もない、などとうそぶかずに、「吾に未来あり」、この心意気に学ぶべきなのだな――そんなことをしきりに思った。

（二〇一七・九・二十五）

天丼求めて小田原へ……………………乳井昌史『南へと、あくがれる――名作とゆく山河』

十一月六日朝、ホテルで目が覚めた。窓を開けると、とても天気が良かった。その日は、夕方、神奈川県海老名市のある大きな病院で講演をしなくてはならないのであった。それまでの待機時間、なんだか落ち着かないなあ。だが、自分なりに考えがあった。

海老名駅前のホテルを九時前には出て、小田急線で小田原へ向かった。海老名から五十分ほどである。駅へ着くと、まずタクシーで海辺の小田原文学館へ向かう。ここは本館以外に白秋童謡館もあり、尾崎一雄旧居も保存されている。童謡館は修復工事中で入館できず、本館で北原武夫展だけ観た。あとは、国道一号線（東海道）を歩いて駅方面へ歩く。国道沿いには東海道の面影を残す和菓子屋やら蒲鉾屋やらがあって、ブラブラしながら覗いていくと結構暇つぶしができる。そして、十一時過ぎに本町二丁目の老舗料理屋「だるま」へ入った。ここで天丼を食いたかったたのである。人気があり、行列ができてしまう店なので、早めに飛び込んだわけだが、さすが人気のある店である。すでに先客が十名以上は坐っていた。

ここは弦書房からも『南へと、あくがれる――名作とゆく山河』を出しているエッセイストの乳井昌史氏が、何年か前に連れてきてくださった店である。色々の海鮮料理があってどれもおいしいが、最も大衆的で人気があるのが車海老や魚・いか・茄子・ししとうの天ぷらがドーンと載っかった天丼だ。天ぷらの新鮮で美味なのはいうまでもなく、タレがまた程良い。老舗のこの天丼をゆっくりモリモリと食べながら、やっぱりここへ早めに来て良かったゾ、と良い気分であった。

そして、だるまを出た後は駅前の喫茶店にも立ち寄って、コーヒーとケーキでひと休み。夕方の講演のことが、おのずと頭に浮かんできた。朝起きた時にはやや緊張していたものの、小田原でブラブラした後、すっかり和んでいる自分がいた。もう、ガンバルのは止そう。背伸びなどせず、ありのままをお喋りしよう――そんな気持ちであった。わたしは所詮、さんざん飲んだくれて癌が発病した人間である。同情される筋合いもない自己責任だ。女房などは若い頃から健康には留意し、つつましく日々を過ごしてきたのに、不運にも乳癌を三度経験したし、現在も体調が思わしくない。また、こないだ十月十八日にはわたしの姉が七十五歳で亡くなったのだが、長い間療養生活が続いた。姉はほんとに苦しかったろうと思う。こういうふうに、世の中には思いもよらず病気に翻弄されて生きざるを得ない人たちがいっぱいいる。わたしなど、懺悔の値うちもないくらいのものだ。でも、五回も癌を経験して自分なりに見えてきたものがある。病院でベッドに臥しながら悶々と想ったあれやこれやがある。放射線照射や抗癌剤点滴等の治療がどのようなものであるか、副作用に苦しむ中で何を考えたか等、力まず、悪ぶらずに喋ってみよう――わたしはコーヒーを啜り、ケーキを口に入れながら、正直な人間になることができていた。

電車で海老名まで戻ったが、夕方までまだたっぷり時間があった。病院からお迎えの車が来るまでの間、ホテルの部屋の中で唐仁原教久著『「濹東綺譚」を歩く』（白水社）を読んであの辺りはぜひ歩いてみたいゾとそそられたり、テレビを観たり、いたって静かに過ごした。

（二〇一七・十一・二十四）

わりとリラックスして喋れた……………………淵上毛錢『淵上毛錢詩集　増補新装版』

十一月六日は、午後四時半、病院の方からホテルに迎えの車が来てくれた。えらく大きな病院である。関連施設までを含めると職員数が七百名を超えるそうだ。到着して、病院のカウンセラー室でコーヒーを飲ませてもらいながら院長さんからあらためて講演依頼の主旨を聞いたのだが、「患者さんとしての気持ちを聞きたい」とのこと。医師や看護師などの医療スタッフは、日頃忙しく時間に追われながら患者と接している。見落としのないよう、病状や体の状態については注意を払っている。しかし、患者たちがどのような気持ちで日々を過ごすのか、内面の葛藤を意外と知らないままである。そういう面に医療スタッフは耳を傾けるべきではないか、と、それでわたしに声がかかったのだそうだ。言われてみれば、日頃熊本大学病院や地元八代市の病院に世話になっているが、体の状態についてはいつも丁寧に聞いてくださる。しかし病気療養しながら何を思いわずらうか、訊ねられたことがあったろうか。なかったなあ。考えてみれば、これは大事なことなのだ。大事なことがおろそかにされていると気づいたこの病院の人たちは、なかなかなものだ。来てよかったゾ、と思った。

だから伸びのびとした気持ちになることができて、午後五時半過ぎから一時間余、自分の五回の癌がどのようなものであったか、抗癌剤点滴や放射線照射の際の副作用であるひどい吐き気やだるさ、喉の火傷状態などにどう耐えたか等々、喋ったのであった。自分としては、入院してい て最も気持ちが落ちこむのは夜になってからの時間帯であった。暗い中、ロクな事は考えない。自分は死ななくてはならないのではないだろうか。死んだら、家族はどうなるだろうか、などと後ろ向きの懸念だけが次から次に湧いて眠れなくなる。だから、病室は相部屋が好かった。同室に他人がいると、気がねして嫌になることもあるものの、気楽にもなれる。自分一人でないから、陰気な発想に直面しなくて済むのである——喋ってみると、あれやこれやと次から次に話題は出て来た。我ながら、入院中いろいろ思い悩んでいたのだなあ、とあらためて自覚することができた。

だが、やはり何と言っても病いと向き合うことで自分のものの考え方は俄然変わってきたのだ、

と思う。わたしが編纂した『淵上毛錢詩集　増補新装版』（石風社）から引いてみるが、

柱時計　　　　淵上毛錢

ぼくが
死んでからでも
十二時がきたら　十二
鳴るのかい
苦労するなあ
まあいいや
しつかり鳴つて
おくれ

少なくとも、病気を経験する前、この毛錢の「柱時計」に感応するということなどなかった。でも、癌となってからは違った。自分を鍛えていない人間にとって、死の予感は怖いだけだ。もし自分が死んでしまうようであれば、世界は止まってしまってほしい。凍りついてほしい。まわりの人間は自分の死を泣き叫んで防いでもらいたい、などと甘っちょろいことを考えて悶える。

しかし、鍛えた病者は違う。落ち着いているわけで、自分が死んでも、世界はちっとも動じず、コチコチと時を刻み、いつもの動きを繰り返すだけだ。世界とはそういうものであるとの認識を、ベッドの上で時間をかけながら納得し、覚悟してゆくのである。毛錢はそれを若いうちに行なった。そして、結果、寝床から柱時計を眺めて「苦労するなあ／まあいいや／しっかり鳴つて／おくれ」と詠う。十数年もの間病床に繋がれた果てに三十五歳の若さで亡くなった詩人、淵上毛錢。ここまでの境地に至るには、それこそ内面の苦労がとても大変だったろう。

——講演では、そこのところまでを喋った。

（二〇一七・十二・五）

生

逝ってしまった人たちへ

放浪の果てに……………………松原新一『さすらいびとの思想――人としてどう生きるか?』

八月十三日、文芸評論家・松原新一氏が亡くなられた。五月からずっと膵臓癌との闘いが続いていた。お別れが近いと覚悟してはいたが、実際に訃報に接するとさみしくてならない。享年七十三、もっと生きてほしかった。

松原氏とのおつきあいはかれこれ三十年を越えるし、なにかとお世話になったが、とりわけ二〇〇〇年(平成十二)からは八代市日奈久温泉の町起こしイベント「九月は日奈久で山頭火」に力を貸してもらった。このイベントは毎年九月いっぱいかけて種々の催しが行われ、そのメインとなるのがシンポジウムである。第一回の企画をたてるとき、わたしは迷わず松原新一氏に講演を頼んだ。氏は著書『さすらいびとの思想――人としてどう生きるか?』(学習研究社)の中で種田山頭火について詳しく論じているし、自身も一時期放浪をした経験を持つ。つまり、一九七八年(昭和五十三)の二月に講談社から磯田光一・秋山駿との共著『戦後日本文学史・年表』(『現代の文学』別巻)を刊行後、文筆活動を停止し、それまで勤めていた神戸大学教育学部助教授の職も辞する。いったい、松原氏の内面や身辺にどのようなことが生じてそうなったのだったか、詳細はわたしには分からない。以後、松原氏は消息不明となったようである。放浪漂泊の状態に入ったわけだが、一九八〇年(昭和五十五)二月には福岡県久留米市に移り住んだ。その間、パチンコ屋の店員だとか学習塾の講師をして生計を立てたらしい。久留米に住むようになってからは、この地で文学教室のようなものをやってみたいと思い立った由である。ともあれ、日奈久での講演を依頼すると松原氏は快く応じてくださり、「山頭火・その『旅』の意味」と題して約一時間半、熱っぽく喋ってくださった。しかも、以後も欠かさずシンポジウムに出席し、企画立案の相談に乗ってくれたり、勤め先の久留米大学の学生さんたちを連れてきてくれたりして、なにかと協力を続けてくださった。

思えば、「塩野実《しおのみのる》」さんとのおつきあい、これが始まりであった。一九八〇年(昭和五十五)の秋頃ではなかったかと記憶するが、文芸同人誌「暗河《くらごう》」に福岡県久留米市の塩野実という人が加入した。端正な顔立ちで、物腰が柔らかくて品が良い。翌一九八一年四月発行の「暗河」二十九号に「文学理論の科学と非科学」を発表した。それは桑原武夫への批判が中心となっている論文であった。とてもシャープな切り口で感心したが、全体的に『沈黙の思想』（講談社）『大江健三郎の世界』（講談社）『愚者の文学』（冬樹社）等の著書で知られる気鋭の文芸評論家・松原新一的な匂いがあった。倫理的、そして左翼的でもあった。わたしなどは不勉強で桑原武夫に対する関心が薄かったから、なんでまたああいう人を懸命に批判したくなるのかな、と、正直、ピンとこないのでもあった。だから塩野さんの論文の凄さは認めつつも、わたしたち暗河の会の若い連中は、

「塩野さんは、勉強のし過ぎだよね。だって、松原新一の影響が強すぎるんだもん」

などと、わりと敬遠気味に評していたものであった。

ところが、それからどのくらい経ってだったか、ある新聞社から電話がかかってきて、

「塩野実さんって、松原新一だと思わないですか？」

と尋ねられてビックリしたのだった。

「エッ、ああ、しかし…」

と答えにならぬ答え方しかできなかったが、それから新聞で正式な発表があるまでにはさほど時間はかからなかった。松原氏は、放浪を続ける間、「塩野実」と名乗って過ごしていたのである。つまりは、塩野実の名で「暗河」に評論を発表した頃、松原新一氏はすでに久留米市に住んでいたものの、偽名で過ごしていた。だから定住したかたちであっても、実質的にはまだ放浪の真っ

最中だったことになる。元からのペンネーム「松原新一」への復帰を決意したのは、一九九一（平成三）の秋頃からだったようだ。そして、一九九三（平成五）になって久留米大学教授に就任したのではなかろうか。むろん広い意味での氏の「放浪」はその後も続いていたのかも知れないが……。そんなことがあって「松原新一」に戻ってからも、変わりなくつきあってくださった。いや、以前に増して親しくしてもらったのだから、ただただ感謝の一語に尽きる。

松原さん、もう一度でいいから一緒に喫茶店か居酒屋かで寛ぎたかったですね。八代に来てくれた時の松原さんはＪＲ八代駅前の喫茶店ミックが大好きで、あそこのボックス席に座ってコーヒーを飲みながら団欒するとき、実にリラックスして楽しそうだったですね。逝ってしまわれて残念ですが、自分の中で「塩野実」も「松原新一」も共に忘れられない存在です。長い間有り難うございました。安らかにお眠りください。

（二〇一三・八・十六）

悠々自適の人……石牟礼弘氏の死

八月二十日、水俣市在住の石牟礼弘氏が亡くなられた。八十九歳であった。

弘氏は作家・石牟礼道子さんの御主人で、二人は一九四七年（昭和二十二）に結婚。道子さんは短歌や文章を綴るうちに一九六九年（昭和四十四）一月に講談社から刊行された『苦海浄土』で広く知られるようになって作家活動に入っていくが、弘氏は教員生活を続けた。『苦海浄土』

の題は、初め作家・上野英信氏がまず「苦海」という語を考え出したところ、弘氏が、「それなら下は『浄土』とするのが良い」

と提案した経緯があるのだそうだ。水俣病患者さんたちの側に寄り添って手を差し伸べ、「水俣病センター相思社」の理事を務めた時期もあり、水俣湾埋立地に設置された水俣病犠牲者鎮魂のための「魂石」と呼ばれる小さな石仏群の中には弘氏作製のものがある。温厚な人柄で、周囲の人たちから「石牟礼先生」と呼ばれて慕われ、道子さんの活動を陰で支えた。定年まで教師として勤め上げて以後は、地元水俣で自適の日々であった。

わたしなどは、若い頃、女房と一緒によく御自宅にお邪魔して焼酎を飲み交わし、泊まり込んで四方山《よもやま》話を聞かせてもらっていた。同人誌「暗河《くらごう》」の編集を担当していた頃は、水俣に赤崎覚という人がいて「南国心得草」と題した面白いものを連載していたが、ただ、赤崎さんは原稿を書くのが非常に遅い。下書きなしでいきなりきちんと清書するという、これは郷土の先輩・谷川雁の方法を真似たやり方だった。とにかく、沈思黙考の時間ばかりが多くてなかなか進まない。だから、急かせるため、しばしば石牟礼家に泊まり込んで赤崎氏宅へ出向き、半ばつきっきりで書いてもらっていた。そんなときは弘氏がいつも、

「しっかり赤崎の尻ば叩いて書かせろよ」

と励ましてくださっていた。甘えっぱなしだったのであるが、時たま教員関係の集会や会議などで出くわすと、弘氏は堂々たる風貌の先輩教師であった。学校教職員の間では「石牟礼弘」の

名はよく知られていて、特に芦北水俣方面では良きリーダーだった。そういう場所でお会いすると、御自宅で飲んだくれて甘えていることが恥ずかしくなってしまうのだった。

近年は、水俣へ出かけるついでにフラリと御自宅へ立ち寄ってみても不在の場合が多かった。お元気な時分にはたいてい海へ魚釣りに行っておられたようである。羨ましいな、と思っていたところ、二月二十一日に若い友人と一緒に訪ねてみた時は幸いにも会うことができた。淵上毛銭関連の写真を撮影するため水俣市内を巡るうちに、たまたま石牟礼家の近くを通ったのである。それで玄関で声をかけてみた。

「昼間は釣りに行きなさるとですか」

と聞いてみたら、

「うんにゃ、午後から喫茶店に行くたい」

とおっしゃる。水俣駅の近くにある昔からの馴染みの店へ行って、コーヒーを啜るのが愉しみなのだそうであった。釣りにしろ喫茶店通いにしろ、そうした愉しみがあるのだから「悠々自適ですね」と言ったところ、はにかみ気味の笑みが浮かんだ。

亡くなられた翌日の昼過ぎに御自宅へ伺ったところ、御遺体の入った棺は居間に安置されていた。手を合わせ、礼拝してから棺の中を覗き込んでみると、やすらかな寝顔がそこにあった。

弘先生、長い間ご苦労様でした。

（二〇一五・八・二十八）

昭和史と共に……………………………………三原浩良『昭和の子』

弦書房の創立者である三原浩良《ひろよし》氏が、一月二十日、亡くなられた。昨年（二〇一六年）の十月下旬に何人かで島根県松江市までお見舞いに行ったので、闘病生活の大変さは承知していた。だからある程度予測できていたものの、訃報に接してやはり愕然とした。享年七十九、もっと長生きしてほしかった。

三原氏については、氏の著書『昭和の子』（弦書房）が刊行された直後にこの連載コラム「本のある生活」第二六四回で触れたことがある。その折り論評したようにあれはほんとに好著で、島根県松江市古志原に生まれた著者が戦時に自己形成し、日本の敗戦を経験し、やがて東京へ出て大学を卒業してからは毎日新聞の記者となる。社会部や文化部で目一杯ジャーナリストとして仕事をしてからの退職後は葦書房の社長となる。葦書房を創立した久本三多氏が癌で亡くなる時、三多氏から後のことを託されたのであった。二代目社長としてがんばった後、弦書房を創立。弦書房の経営状態が一段落してからは、後進に後を託して郷里の松江市に戻る、云々と行った自分史が語られているのだが、それがまた松江における敗戦直後の様子や六十年安保、新聞記者となってからの社会的諸事件と不可分に展開する。とりわけ水俣病への関わりようは、一ジャーナリストとしてよりも「支援者」である。読んでいて、一個人の歩みが戦後日本のドラマチックな動きとダブってくるのである。氏には『熊本の教育』（毎日新聞社熊本支局）『地方記者』（葦書房）『噴火と闘った島原鉄道』（葦書房）『古志原から松江へ』（今井書店）といった著書が他にもあるが、『昭和の子』が最も結晶度が高いと思う。そして、これが生涯で最後の著作となった。

個人的には、一九七五年（昭和五十）に三原氏から原稿依頼を受けて毎日新聞西部版に「応答せよ！戦後の長男たち――帰郷した悲哀の次男坊より」と題したエッセイを発表した。生まれて初めてのジャーナリズムへの執筆であったが、送られてきた原稿料が自分の予想よりも数倍高くてビックリした記憶がある。だが、わりとよくお会いするようになったのはそうした若い頃でなく、三原氏が弦書房を立ち上げてからである。島尾ミホさんと石牟礼道子さんによる『対談 ヤポネシアの海辺から』が弦書房から刊行される時には解説を任された。一所懸命書いて原稿を送ったら、三原氏から返事が来て「さすが……」と褒められ、なんだか初めて新聞に書かせてもらった時よりも嬉しかった。最近では特に忘年会などでご一緒することが増えて来て、楽しかった。三原氏は親分肌というか、若い者への面倒見が良くて、頼もしかった。酒が強く、また、タフだった。一次会は言うまでもなく二次会、三次会と時が過ぎても疲れを知らず、夜中の午前一時、二時でも平気。福岡市の中洲界隈をハシゴしながら、活き活きしていた。カラオケも上手で、かなわんなあ、とため息が出るほどであった。

そのタフな三原氏が、もうこの世にいない。三原さん、いろいろお世話になりました。そのうちあの世でまたお会いしましょうね。

（二〇一七・一・二十三）

写真家魂……………………麦島勝『昭和の貌――《あの頃》を撮る』

写真集『川の記憶――球磨川の五十年』（葦書房）・『昭和の貌――《あの頃》を撮る』（弦書房）等で知られる麦島勝さんが、五月十七日に亡くなられた。

今年の三月十三日、人吉市在住の麦島ファンS氏が久しぶりに所用で八代へ出て来た。それで、それならば麦島さんに会いましょうよということになり、老人ホームに一緒に面会に行った。麦島さんは椅子に座って、テレビを観ているところであった。以前より少し痩せており、言葉数も少なかった。しかし、声には以前と変わらぬ張りがあったので、三十分ほどはあれやこれや会話ができた。またまいりますよと言っておいとましたのだが、それからは会わずじまいであった。近いうちに会いに行こうと念じつつ、忙しさにかまけて果たせぬままだったのが悔やまれる。ほんとに、自分の呑気さが情けない。

熊本日日新聞社から追悼文を依頼されたので、「麦島勝さんの死を悼む」と題したものを寄稿した。次のとおりである。

＊

八代市の写真家・麦島勝氏が、五月十七日に亡くなられた。享年九十、大往生である。わたしは氏の写真集の編集や、写真整理、作品展準備のお手伝い、各地への小旅行等々、色々おつきあいをさせてもらった。たくさんのことを教わったなあ、と感謝するばかりだ。

麦島氏は、八代市に生まれて、少年の頃にはすでに写真に興味を持ったという。戦後に入ってから勤めのかたわら地道に写真活動を続けた。氏の遺してくれた写真は、撮られた当座は日常のスナップ写真としか見なされないものが多いかも知れない。だが、時間が経過してから見直すと、その頃ならではの貴重な風物や人間像が捉えられているのである。

氏の作品群の中から一つだけ挙げるとすれば、昭和二十三年三月五日に現在の八代市坂本町で撮影されたという「お昼時」と題した写真が好きだ。球磨川の土手で、母と子が使い古したアルマイト製の弁当箱を手にしている。御飯が詰まっているが、たいしたお菜は入っていないふうだ。貧しい昼餉であるものの、しかし互いに顔を見合わせてニコニコしている。戦後間もない頃の、貧しいけれど母と子が一緒に居ることの幸せ。これはポーズをとらせて撮れるものではなく、被写体の自然なやりとりの一瞬を捉えた「記録」である。

昭和三十三年四月五日に撮影されたという集団就職列車を写した組写真も、なかなかに印象的だ。当時「金の卵」と呼ばれ、集団で、主として東京・大阪・名古屋方面へ就職して行った中学卒業生たち。そんな彼らの緊張と不安に満ちた表情、胸に迫るものがある。

麦島氏は芸術的写真を撮る力量をちゃんと身につけており、そうした趣向の優れた作品も多い。しかし、それよりも写真の「記録」性にこだわった。氏は先の戦争から帰ってきて世の中の移り変わりの早さに驚き、これは記録しておかねばならぬと気づいたのだそうだ。以来、愛用の五十ccバイクであちこちを駆け巡った。そんな自分自身のことを、「昭和という時代、これはもう戻っては来んです。記録してきてよかったな、と思います」と語ってくれたことがある。

日常生活での麦島氏は、うたうのが好きであった。しかも朗々とした声だった。自分の近くで他人が恥ずかしげにうたっていると、「元気よくうたわにゃあ！」と励ますのが常であった。得意だったのは「北国の春」で、ある時、氏は老人たちのカラオケ会でこれをうたった。出場者八名中、最優秀の歌い手であったと評価したい。亡くなる前にも、夜中、寝床で何か口ずさむふうだった、そして数時間後には静かに逝ったという。口ずさんだ歌は「北国の春」だったろうか、いや、集団就職者たちの心情をうたった「あゝ上野駅」も氏の愛唱歌だったなあ…。優れた写真家がいなくなって寂しいし、悲しいが、このことについては心なごむものがある。氏は最期まで「麦島勝」らしさを失わなかったのだ。

麦島さん、安らかにお眠りください。

（二〇一八年五月三十日付け朝刊、掲載）

＊

心を込めてこの追悼文を書いたが、今になって思うと、麦島勝さんが写真家としてたいへん厳しい原則を持っていたことについて触れていない。これはいかん、と反省する。

三年前（二〇一五年）の四月五日、人吉市の人吉クラフトパーク石野公園で写真愛好家たちの撮影会が行われた際に、麦島さんのお伴で出かけた。麦島さんは脚が不自由になっていたので、わたしは運転手役だった。麦島さんは久しぶりの外出だったし、参加者の多くが「お元気ですね」「ご無沙汰してました」「今日、よろしく！」などと声をかけてくれるし、モデル嬢たちは皆かわゆいし、御機嫌だった。ところが、撮影会が始まってしばらくすると、公園の真ん中でアトラクションとして球磨人吉地方の民俗伝統芸能「臼太鼓踊り」実演が行われた。麦島さんはにこやかな顔つきで見ていたが、しばらくしてにわかに表情が険しくなった。撮影会の参加者たちがステージの前に集まり、一所懸命にカメラを壇上へ向けている。中に、数人、ステージへ身を乗り出して出演者に迫っていた。

「そこから下がりなさい、上演の邪魔してはいかんじゃないか！」

麦島さんが、声を張り上げた。絶対ゆるさんゾというような、見ているこちらが震え上がってしまうくらいに厳しい表情だった。

「駄目じゃないか、すぐに下がりなさい！」

麦島さんはもう一度叱りつけた。ステージに張り付き、這い上がろうとしていた数人は、恐縮の体で引き下がった。麦島さんは写真で記録することに一生かけてこだわったが、しかしそれは、被写体に迷惑をかけぬことが大前提としてあったのだ。熊本日日新聞の追悼文では、そこのところに言及せずじまいであった。枚数の関係で無理だったなどと言っていられる問題ではない。書いておくべきだったのである。

通夜は五月十八日、葬儀は翌十九日、八代市内の斎場で執り行われ、両方とも参列した。葬儀の際には弔辞も述べさせてもらった。式の終わりに、若い女性が前へ出て、バイオリンで「あゝ上野駅」を演奏した。集団就職者たちの心情をうたった、あの歌。いや、これには参った。麦島さんは千昌夫の「北国の春」や井沢八郎の「あゝ上野駅」が好きで、よくうたっていた。愛唱歌である。聴いているうち目頭が熱くなり、熱いものが流れだし、止められなくなった。

でも麦島さん、あなたがいなくなって寂しいけど、あなたの写真作品がたくさん遺っています。その中に、いつもいてくれますよね。

（二〇一八・六・六）

独り住まいとなって……妻、逝去

先月十八日、妻・桂子が亡くなった。六月に七十一歳になったばかりであった。昨年（二〇一七年）秋に膵臓癌の手術を受けて以来、療養を続けてきたのだが、今年の春になって以前病んだことのある乳癌までが再発し、肝臓に転移してきて、どうしようもなかった。でも、最後までけなげに病いと闘ってくれたと、妻の芯の強さにあらためて感じ入っている。

妻に先に逝かれてしまい、独り住まいとなった。娘が福岡市に居るので、必要があればやって来てなにかと手助けしてくれるものの、普段はずっと独りで起居するのである。

考えてみれば、結婚したのが一九七三年（昭和四十八）四月であった。四十五年も一緒に暮らしてきたわけだ。能天気で、いい加減で、飲んだくれで、うだつの上がらぬわたしなどに愛想も尽かさず、よくぞずっと一緒にいてくれた。いや、それ以前から中学・高校と同級であった。同級生には、わたしなんぞよりずっと男前で、頭が良くて、気の利く者たちがいっぱいいた。わたしなどは容貌も冴えず、胴長短足、しかもボンクラであった。それなのに、わたしなんかと、よくもまあ長い年月つきあってくれたものである。

わたしは今までいろいろな書き物をしてきたが、いつも最初に読んでくれるのは妻であった。感想を述べるし、意見もしてくれた。妻は読者であり、往々にして鋭い批評家でもあった。今からは、そんなこともしてもらえない。

妻自身は英語が専門だったが、数年前からは洋裁にも熱心だった。妻の兄で国立音楽大学名誉教授・江崎正剛氏はパーキンソン病等の病気で苦しんでいた。その正剛お兄さんにしゃれた服を作って励ましてやるんだと言って、わざわざ大分市在住の服飾デザイナー鶴丸礼子さんのところに幾たびも泊まりがけで習いに行っていたほどであった。正剛氏の方が一足早く今年の一月六日に他界したのだったが……。

実はまだ、妻があの世に逝ってしまったことを本当に自分が理解しているのか、自信がない。朝起きたら、遺影に向かって「お早う！」と挨拶する。出かける時は「行ってきます」、帰宅したら「ただいま！」、飯を食べる時は「いただきます」、風呂に入る時は「ちょっと一風呂浴びるけん」、寝床に入ろうとする際は「お休みなさい」と、しょっちゅう声をかけている。返事がないが、気にならない。そこにまだ妻が黙って座ってくれているかのような、不思議な感覚がある。

そのくせ、さみしい。飯を食べても、ちっともうまくない。少し食べただけで、止めてしまう。これではいけないので、無理にでも口に押し込めて、ついつい食い過ぎるので、胃の調子がおかしくなってしまう。いや、これはいかんと外へ出て、人のたくさんいる食堂等で食事するのだが、独りでぽつんとテーブルに坐るのは家に居るのよりもイヤだ。たった一軒、八代駅前に行きつけの喫茶店があり、そこならばマスターや店の家族はもちろんのこと、常連客とも顔なじみである。店に入るだけで心が和む。だから、以前よりも足繁く通い、コーヒーを啜る、たまにスパゲッティとかカレーを注文して食事もする。

昨年の秋頃から時折り野良猫の母娘がわが家に立ち寄るようになって、母親の方は朝早く必ず来るから「アサ」と名づけてやった。その子どもであるから、チビ猫の名は「コアサ」としてやった。三毛猫で、とてもかわゆい。両方とも犬猫病院で避妊手術までしてもらったが、母親の方はわが家には居着かず、たまに姿を見せるだけである。むしろコアサの方が春頃からすっかりわが家で暮らすようになって、とりわけ妻が、自宅療養中、よくかわいがった。たまに帰って来る娘も、えらく猫好きである。妻や娘にとって、この三毛猫はかなり心の癒しとなっていたのである。そのコアサが、七月十八日の妻の死以来、姿をくらましてしまった。近所で見かける人がいて知らせてくださるものの、わが家へ帰って来ようとしない。猫も事態の大変化を感じ取って、うろうろしていたのであろう。母親のアサがたまに顔を見せるので「コアサはどこに居るとや？」と声をかけてみるが、キョトンとするだけだ。

そのコアサが、妻の死後約二週間立ってからひょっこり帰ってきた。ひどく痩せてしまっていた。ミャーミャー鳴かずに、静かに現れて、エサをやっても少ししか食べない。夜中、何度か知らぬ間に枕元に来ていて、その都度わたしは目が覚めてしまった。エサをねだることもあるが、ただそこにいるだけのこともある。コアサが帰ってきて寝不足気味であるものの、いないよりはマシだなと思う。もう家出なんかするなよ。

家族葬というかたちをとって内輪で弔いをしたので、これまで色々お世話になった方たちにまだ妻の死は知られていないだろうと思う。それでも、親しくさせてもらっていた人たちが少なからぬ数で弔問に駆けつけてくださったわけだが、しかし本来ならお知らせすべき大切な方に連絡せぬままとなっているはずである。そのことをお詫びするとともに、今、あらためて妻が生前お世話になったことへ心から感謝申し上げる次第である。

（二〇一八・八・八）

ていねいに生きて行くんだ……………………………淵上毛錢「出発点」

人間、誰でも必ず死なねばならない。そうと分かっていながら日々を過ごしているのは、この世が生きるに値するからである。いや、幼い頃は何も考えていなかった。少年期・青年期ですら、ただ闇雲に生活してきただけであった。それが、年を経るにつれて違ってきた。自らの寿命に限りがあることを意識するようになり、そうなるとこの世はなんやかんやと面倒くさくて、決して面白いことばかりではなく、むしろ胃が痛むくらいに厭なことの多い日々であるものの、しかし自ら生を断つようなことは絶対にしようと思わない。たまに良いことがあれば、その喜びは何ものにも換えがたいので、やはり生きていればこそのことだ、と感謝の気持ちが湧く。この世には、生きるだけの値打ちが充分にある。

——こういうふうなことを考える時、淵上毛錢の「出発点」という詩はやはりなかなかのものだ。わたしの編んだ『淵上毛錢詩集　増補新装版』（石風社）から引いてみるが、

美しいものを
信じることが、

いちばんの
早道だ。

ていねいに生きて
行くんだ。

毛錢はこれを一九四五年（昭和二十）から翌年にかけて書いている。三十歳か三十一歳だった

のだが、そのような若い男がこういう詩を書いたのである。エネルギー溢れるまま故郷を出て、東京で青春の浪費を行なった。いわゆるバガボンドであった男が、昭和十年、結核性の股関節炎によって倒れ、以来、ベッドに仰臥する毎日が続くこととなった。病状は一進一退しつつ詩人を蝕んでいった。「出発点」を書いた頃の毛錢には、ほんとに死神はもうすぐ近くまで迎えに来ていた。毛錢にはその自覚があったろう。だからこそ「美しいものを／信じる」、それが「いちばんの／早道だ」との思いを洩らす。では「美しいもの」とは、何だろう。いや、ここで具体的なものを示す必要はない。むしろこのように抽象的というか、漠然としている方が良いので、そうすれば読む者が自らのイメージでそれぞれ自由に思い描くことができるわけだ。重要なのはその後であって、毛錢は「ていねいに生きて／行くんだ」と詩を締めくくる。そう、死を受け入れるにあたって、一日一日はおろそかにしてはならない。ていねいに生きてこそ、自らの現在の生が輝く。

毛錢のこの詩を、実は亡妻の遺品を整理していて久しぶりに目にした。妻の使っていた「3イヤーズ・ダイアリー」との名がついた手帳の最後のページに、きちんとした大きな字で全文が記されていたのである。これを目にして、こみ上げてくるものがあった。

三年分をメモできる手帳であるから、いつ記したか。二年前か、あるいは昨年（二〇一七年）九月に膵臓癌の診断が下っているから、その時なのか。今年に入ってからなのか。日付が記されていないのではっきりとは分からないながらも、妻が毛錢の「ていねいに生きて／行くんだ」との意思表明に共感しているという、そのことだけははっきりしている。亡くなったのは今年の七月十八日であるが、五月六日まで自身の病状や思いを簡単にメモしており、「糸島の雷山へ、レンタカー。護摩だきがあっていて、加えてもらう。声明のところで涙が落ちる」（三月十七日）、「元気出そう！」（三月二十三日）、「今週は点滴お休み。今週は楽かも知れない」（四月二十四日）、「胃が痛いより、筋肉・関節の痛みが止まる方がいい」（五月六日）等々、読んでいてつらくなるくらい切実だ。

このうちの三月十七日の記述であるが、その頃はまだ外出する元気があって、二人して福岡の娘のところへ出かけていた。RKB毎日放送のドキュメンタリー「苦海浄土」上映会を観たりもしたついでに、レンタカーを使って糸島市の雷山、千如寺大悲王院へ行ってみたのだった。わたしなどは、あのあたりは景色が良いので気軽に春の風情を楽しみたく足を伸ばしたつもりだったが、妻は違っていた。護摩行が行われているところへ加わり、お祈りを始めたのである。「声明のところで涙が落ちる」とあるのは、本当にあのあと目に涙をにじませていたのでわたしとしても驚いた記憶がある。

そんなふうにパラパラと妻の手帳をめくっていたら、表紙の裏に「2017・11・19」と日付けを記した上で、

秋空を見ようよ

このように俳句が二行に分けて、大きな字でメモしてあるのを見つけた。ああこれはわたしのヘッポコ俳句で、昨年十月十日に詠んでいる。妻は、十月四日に膵臓の手術を受けてから、まだ病院のベッドに横たわっている状態であった。そんな妻へ励ましをしたい気持ちで考えた句で、作ってからすぐに見せてやった。だが、いかにもヘッポコ五七五。その後、月に一回知り合いが集まって遊びで行われる句会に出してみたものの、当然のことながらまるで問題にされなかった。しかしながら、妻にとっては大切なものとなったのであったろうか。句を見せた時に、とても喜んでくれていたのは事実である。「秋空を見ようよ今日を生きようよ」――これについて格別に感じるものがあったから、いつまでも忘れぬよう手帳に大きく書いてくれたのだったろう。

手帳は、五月六日の「胃がチクチクする。でも胃が痛いより筋肉・関節の痛みが止まる方がいい」と記してからは空白になっている。これは症状が悪化して、ボールペンを握る力も萎えてきたせいである。それまでは結構まめに日々の記録や思いを書きつけている。それらのメモのいちいちに、「ていねいに生きて／行くんだ」や「今日を生きよう」との思いが満ちている。この切実な思いに自分がどれだけ対応してやれたか、手帳を見続けているうちに嫌気がさすほどの無力感に襲われてしまった。

（二〇一八・九・十九）

四

わたしの居場所
帰る場所

人吉城址の桜満開（熊本県人吉市）

若い頃のことをふり返ると、ふるさと熊本県人吉市での日々、そして学生時代、この二つにどうしても思いが収斂《しゅうれん》していく。

ふるさとは、何といっても自分の資質・感性を決定づけてくれた地である。どんなに足《あ》掻《が》いてみても「人吉訛《なま》り」がとれないのであり、無論もう強いて矯正しようともせぬつもりだ。ものごとを考える際に、いつも、ふるさとで見たり聞いたり教わったりしてきたことが原点として浮かび上がってくる。人吉という霧深い盆地の町に育ったことに、運命的なものさえ感じる時がある。

そして、そんな自分が東京へ出て行って六年ほど生活したことがあるのだが、これがまた忘れられないたくさんの経験をさせても

球磨川の朝霧（熊本県人吉市）

らった。新聞社の編集局での小間使い、倉庫から製品を出荷するアルバイト、出版社での編集の手伝い。ビーフシチューとグラタンを食べさせる料理店での皿洗いや出前持ちの仕事が最も長くて、二年三ヶ月お世話になった。働きながら学校へ通った経験は、あの頃はヘトヘトになってしばしば嫌気がさしていたが、しかし今から思うと実に面白い日々であった。なぜもっと懸命に励み、愉しまなかったのだろう！　東京はふるさと人吉に次いで、いやもしかしたらそれ以上に自分の中にたくさんのものを与えてくれたのかも知れない。今からじっくりとわたしの「東京体験」を反芻したいもんだ、と思う。

郷

ふるさと人吉と八代

恋しやふるさと……………………犬童球渓「故郷の廃家」「旅愁」

先日、熊本県人吉市の人吉城歴史館の秋季特別企画展「愛郷詩人・犬童球渓《きゅうけい》」を観に行った。さほど広くない展示室だった。しかし、硯箱・数字譜・楽歌集・書簡といった遺品類や写真・資料等がうまい具合に整理分類して展示され、犬童球渓の生涯とその仕事の軌跡をゆっくり辿ることができた。

球渓は本名を信蔵《のぶぞう》という。一八七九年（明治十二）に球磨郡藍田《あいだ》村間（現在の人吉市西間下町）に生まれ、東京音楽学校（今の東京芸術大学）を卒業し、兵庫県や新潟県等で教鞭を執った後、請われて帰郷したのが一九一八年（大正七）であった。以後は人吉高等女学校や中学校等で音楽教育にあたった。一九三五年（昭和十）に退職してからは藍田村（現在、人吉市）の村会議員や方面委員を務めたりして、音楽以外のことでも郷土に貢献する。

種元勝弘著『犬童球渓伝』（私家版）によると、この人の遺した作詞・作曲は三百六十余編もあるのだそうだ。全国的には、「故郷の廃家」（ヘイス作曲）と「旅愁」（オードウェイ作曲）の作詞者として知られている。とりわけ「故郷の廃家」の、

幾年ふるさと来てみれば
咲く花鳴く鳥そよぐ風
門辺の小川のささやきも
なれにし昔に変わらねど
あれたる我が家に
住む人絶えてなく

これは、北国に住もうが南国に居ようがジーンと感動できるのではなかろうか。イメージが一定の地域・地方に限定されない、普遍的な〈日本人のふるさと〉像が示されていると言える。しかも、二編とも新潟高女に居た頃、二十代後半の時期に書かれている。ふるさと人吉を遠く離れ

て北国で教師をしながら、球渓は孤絶感に悩まされていたようなのである。

更け行く秋の夜　旅の空の
わびしき思いに　ひとりなやむ
恋しやふるさと　なつかし父母
夢にもたどるは　故郷《さと》の家路
更け行く秋の夜　旅の空の
わびしき思いに　ひとりなやむ

この「旅愁」に表出されたふるさとや父母への熱い思いもまた紛れもなく球渓自身のもので、胸の内から否応もなく沸き立ったのであったろう。そして「故郷の廃家」と同様に、個人的なレベルを超えていた。田舎で親に育てられ、大きくなり、やがて余所《よそ》へと出て行って学を修めた近代日本人が自らのふるさとをふり返る時の、広く共通する思いではなかったろうか。「故郷の廃家」「旅愁」二編は、謂《い》わばみんなの代弁者となったわけである。

我れ死なば
　やきて砕きて粉にして

み國の畠のこやしともせよ

球渓は一九四三年（昭和十八）に六十四歳で世を去るが、これは辞世の短歌である。自分が死んだら、亡きがらは焼いて、砕いて、畑の肥やしにでもしてくれ、と言い遺した球渓。胸が痛くなってしまう歌である。得難い人だったのだなあ、と、思いを新たにして人吉城歴史館から出た。

（二〇一一・十二・十三）

ふるさとはどこにある？……………………………三橋美智也「リンゴ村から」・青木光一「早く帰ってコ」

今日あたり、正月を迎える準備があちこちで見られる。今年も残り少なくなったのだ。

ところで、犬童球渓について言えば、実はわたしも熊本県人吉市の生まれであり、小さい頃から「旅愁」も「故郷の廃家」も音楽の授業等で唱わされて育った。だが、「幾年ふるさと来てみれば…」との歌詞は、その頃まだどうも心にしみわたっていなかった。

少年の頃、「自分にはふるさとがない」と思いこんでいたのである。人吉という町にふるさとらしさを感じることができなかった。なんでまたそのような思いこみをしていたのかと言えば、一つにはただ単にまだ人吉から出たことがなかったからだったろう。ふるさと意識というのは、そこから離れて振り返ってみないと本格的には湧いてこない性質のものではなかろうか。だが、当時の流行歌にもずいぶんと影響されていたと思う。今すぐに思い浮かぶのが三橋美智也の唱う「リンゴ村から」や青木光一の「早く帰ってコ」で、この二曲がヒットしたのは一九五六年（昭和三十一）、わたしは小学校の三年生であった。

おぼえているかい故郷の村を
便りも途絶えて幾年過ぎた
都へ積み出す真っ赤なリンゴ
見るたび辛いよ
俺らのナ俺らの胸が　（「リンゴ村から」）

おふくろも親父もみんな達者だぜ
炉端かこんでいつかいつしか東京の
お前達二人の話に昨夜も更けたよ
早くコ早くコ
田舎へ帰ってコ　（「早く帰ってコ」）

なんだか、今でも胸にキュンとくる歌である。こうした流行歌に出てくる「ふるさと」に比べて、自分の住む人吉盆地にはリンゴの木なぞなかった。「早くコ早くコ」などという純朴でかわいい言い方はせずに、「早よ来《け》え！早よ来え！」と粗雑に呼びかけるだけだ。囲炉裏《いろり》も、少なくともわが家にはなかった。ふるさとって、どこにあるのか。それはやはり遠いところにしかない、と夢想していた。

つまり、少年期になじんだ流行歌が描き出す「ふるさと」は圧倒的に南国よりも北国が多かったので、知らず知らずのうちにそれは北の方の、例えば寒くて、家には囲炉裏があって、畑にはリンゴが植えられているところでなくてはならない、ことばも九州弁でなくて東北弁でないとふさわしくない、というふうにふるさと像が刷り込まれていたのだった。だから人吉にそのようなものがないのがさみしかった。人吉をふるさとと意識し、「故郷の廃家」に表明された熱い望郷の念が実感できるような気持ちになれたのは、高校を卒業して東京へ出てみてからのことであった。思えば犬童球渓作詞のあの歌は、よく学校の音楽の授業でうたわされた。人吉城址には、本丸への上がり口のところに球渓顕彰碑が建てられていて、年に一度、その碑の前で「故郷の廃家」「旅愁」を市民たちがうたうという行事が行われていたが、小学生の時に何度か参列させられた記憶がある。球渓という音楽家は、それほどに身近にあった。

そうでありながら、やはり自分の中に今でも北国へのうっすらとした憧憬がある。犬童球渓の表現したふるさととは地域限定でない普遍的なイメージのものだったと思うが、それよりも「リンゴ村から」や「早く帰ってコ」等の流行歌に表出された北国的ふるさと像の方がもっと訴えてくるのかなあ。いや、どうなのか。年末になってそのような物思いばかりしている。

（二〇一一・十二・二十七）

『昭和の貌』出来上がる……………………麦島勝『昭和の貌――《あの頃》を撮る』

熊本県八代市在住の麦島勝《むぎしままさる》氏の写真集『昭和の貌《かお》――《あの頃》を撮る』（弦書房）が、このほど出来上がった。氏の昭和二十年代から三十年代にかけての写真三百三十五点が、「昭和の町」「仕事」「海辺に暮らす」「川の記憶」「祭り」「高度経済成長の夢」「子どもたち」の七つの章に分けて収められている。書名や章ごとのタイトルで窺えるように、日本が高度経済成長を果たしつつあった時期、人々がどのように生活していたかふり返ることができるのである。各章ごとにわたしのエッセイが付してあるが、これは「解説」ではない。わたしはあの時期に少年期を過ごした団塊の世代で、麦島氏の撮った写真を見ると色々の思い出や所感やらが湧くので、それを綴ってみただけである。

麦島氏の写真は、世代や育った地域を問わず人々にあの頃の記憶を呼び覚まさせてくれるはずである。その証拠に、八月三十日から九月三日まで八代駅前の喫茶店ミックで出版記念の写真展が開かれたが、老いも若きも観に来ていたし、よその土地で育った人も写真に惹かれて自身の思い出を語っていた。氏の写真の特徴は、まず、必ずといっていいくらい人物が入っており、さらに時代を表わす物がどこかに写っている。写された時はなんでもないスナップ同様のものにしか感じられなくても、時を経て眺め直してみると、ありありとその「時代」が刻印されているのである。

この写真集を編むために、編集者もわたしも数え切れない回数で麦島氏に会ってきた。その都度、氏は、

「こういうのがあるバイ」

と写真の束を示された。氏の住まいには昔から撮り溜めた写真群がしまいこまれている。無尽蔵である。会うたびに写真を見せられているうちに、

「麦島さんとかけて何と解く」

と問答をするならば、

「球磨川水源地と解く」

こう答えたいもんだな、と考えるに至った。さて、その心は？

「次々に、どんどん止めどなく湧いて出る」

そう、麦島氏がいつも必ず色んな写真を取り出してくれるのは、九州脊梁山脈の深い山中からドッと湧き出す球磨川の水源地の様相を思い起こさせるのである。

九月十日から十六日まで八代市立図書館で「第十回市民写真展」が催されたので、初日、さっそく観に出かけた。会場の一画に特別コーナーが設けられていた。受付には麦島氏がニコニコ顔

で坐っておられた。八十六歳でこの元気さである。そして、氏の昭和三十年代撮影の写真十二点が、「海と川の暮らし」と題して展示されていた。なんということだ、球磨川の井堰下で鮎の稚魚を掬い上げる場面や八代港が造られる最中の作業風景、子どもらが海苔船で遊ぶ情景等々、初めて目にする写真ばかりではないか。展示してある十二点は、麦島氏の撮った「昭和」である。しかし、それを見入る人たちにとって共通の記憶がそこにふんだんに蔵されている。写真の前に立つ人たちの間で、ペチャクチャとえらく話が弾んでいた。

「海と川の暮らし」十二点、これをもっと早く見せてくれたら『昭和の貌――《あの頃》を撮る』に収めるのだったのになあ。やはり麦島勝氏は「球磨川水源地」である！　（二〇一三・九・十七）

補足すべきこと……………………犬童球渓「故郷の廃家」「旅愁」・井沢八郎「あ、上野駅」

数日前の夜、千葉県に住む同年代の作家・重田昇氏から久しぶりに電話がかかってきた。彼は新聞の広告欄で麦島勝氏の写真集『昭和の貌《かお》――《あの頃》を撮る』（弦書房）のことを知り、さっそく購入してくれたという。

「そしたら、本の中にあんたのエッセイも載ってるじゃないか」

だから懐かしくなって電話してくれたらしい。重田氏は徳島県生まれだから『昭和の貌――《あの頃》を撮る』に写されている熊本県の生活や風景には馴染みが薄いはずだが、

「いやー、地域が違ってても共通してるのよ。昭和二十年代三十年代の生活風景がまざまざと甦るねえ」

大いに共感してくれたふうだ。そして、『昭和の貌——《あの頃》を撮る』に載っているわたしの解説代わりのエッセイの中で井沢八郎のヒット曲「あゝ上野駅」を「西南日本のイメージがまったく抜け落ちている」と評した部分について、重田氏もまた、

「そうだよな、あの歌は東北から東京へ集団就職して来た中卒者の気持ちしか表現してないよ。集団就職って、全国各地から東京・大阪・名古屋あたりの大都会へ行ったのだからな」

と相づちを打ってくれた。正直なところ、たいへん嬉しかった。

とはいえ、受話器を置いてしばらくしてから、補足したい気持ちが湧いた。あの「あゝ上野駅」は、

どこかに故郷の香りをのせて
入る列車のなつかしさ
上野は俺らの心の駅だ
くじけちゃならない人生が
あの日ここから始まった

とあるように就職列車は上野駅に着くのであり、それならば北国からの就職生しか対象にされていない。だが、中学卒業者の集団就職というものは全国的に行われていたのであり、この歌はそのことが抜けてしまっている。だから、「集団就職した人たちの思いを切なく唄った『あゝ上野駅』を厳しく評するならば、これは北国の人たちのための歌であって、西南日本のイメージがまったく抜け落ちている」と批判的に書いたのであった。だが、最近になって気づいたことだが、一番の歌詞と、

就職列車にゆられて着いた
遠いあの夜を思い出す
上野は俺らの心の駅だ
配達帰りの自転車を
とめて聞いてる国なまり

この二番の歌詞との間に両親へ向けて息子が呼びかけるという設定でセリフが入る。

父ちゃん僕がいなくなったんで、母ちゃんの畑仕事も大変だろうなあ　今度の休みには必ず帰るから　そのときは父ちゃんの肩も母ちゃんの肩も　もういやだっていうまでたたいてやるぞ

それまで元気に待っていてくれよな

そのとき流れる間奏が、思えば、わがふるさと人吉の犬童球溪作詞による「故郷の廃家」なのである。こうなれば、「あゝ上野駅」が西南日本のイメージをまったく無視してしまっている、などとは単純に論断できなくなるのかなあ、と、気になったわけである。もっとも、ヘイスの原曲に球溪が付した詞は、

幾年ふるさと来てみれば
咲く花鳴く鳥そよぐ風
門辺の小川のささやきも
なれにし昔に変わらねど
荒れたる我が家に
住む人絶えてなく

と望郷の念を熱くうたっていても、さてその故郷がどこであるかは歌詞の中に出てこない。その代わりにこれはどこの土地で育っても共感してうたえるわけで、そのためか今まで全国的に愛唱されてきた。だから、「あゝ上野駅」を作詞・作曲した人もその一般性に惹かれて間奏に

用いたのであったろう。「故郷の廃家」の裏に九州の人吉盆地が存在するなどとは、おそらくイメージしなかったはずだ。そして、犬童球渓は「故郷の廃家」をいつ、どこで書いたかといえば、二十歳代後半の頃、新潟市で高等女学校の音楽教師をしている時だった。つまり、遠い寒い北国でこの歌は成立している。

『昭和の貌――《あの頃》を撮る』に付したエッセイでは、こうした微妙な点を抜かしたまま「あゝ上野駅」を論じていたのである。重田氏とまた電話で語り合ってみたいと思う。

（二〇一三・十・十二）

「ふるさと」としての北国……………根本啓子「『ふるさと像』は北に偏っている？」

奈良市在住の根本啓子さん発行の個人誌『水燿通信』を、毎号興味深く愛読している。しかも、最近では第三百二十号で『昭和の貌――《あの頃》を撮る』（弦書房）の麦島勝さんの写真の記録性について詳しく論じられていて嬉しかったのだが、三月十一日発行の第三百二十四号「『ふるさと像』は北に偏っている？」ではさらにあの本の第六章「高度経済成長の夢」に付したわたしのエッセイ「レールの夢、そしてふるさと像」を話題にしてくださっている。あのエッセイで、わたしは井沢八郎のうたった「あゝ上野駅」を、

ただ、ちょっと言わせてもらえば、上野駅に着くのは東北地方や信越方面からの列車である。だから、

配達帰りの　自転車を
とめて聞いてる　国なまり

の「国なまり」ですぐに想起されるのは、東北弁や長野・新潟あたりの方言だ。そう、集団就職した人たちの思いを切なく唄った「あゝ上野駅」を厳しく評するならば、これは北国の人たちのための歌であって、西南日本のイメージがまったく抜け落ちている。

と批評した。高度経済成長期に走った集団就職列車は、全国各地で見られた。わたしなども同級生がまとまって就職先へ旅立った時、みんなと一緒に人吉駅で見送りをした。だが名曲「あゝ上野駅」で登場するのは北の方からの就職者であって、だから「西南日本のイメージがまったく抜け落ちている」のであった。根本啓子さんはこれを読んで「虚を突かれたような気持ち」になったそうだ。集団就職という形態は「東北地方の専売特許」であり、「明るい太陽の輝く南国の九州などからは集団で列車に乗って都市部に就職するなんて想像もしていなかった」のだという。ちなみに根本さんのふるさとは東北の山形だそうで、ははあ、山形で育った人はこういうふ

うな意識であったのか、と、わたしもまた虚を突かれた気持ちであった。

だが、根本さんの考察はこれで終わりはしない。わたしがエッセイの中で話題にした「あゝ上野駅」「リンゴ村から」「早く帰ってコ」、これらはみな北の国を「ふるさと」としてうたいあげているが、どうも自分の住んでいる東北の田舎とは〈田舎度〉が違う、と違和感を抱いていたという。ここから独自の考察が始まるのだが、根本さんは、あの三曲のそれぞれの作詞家の出身地が埼玉県・兵庫県・茨城県だという点に注目する。そして、「歌謡曲で歌われた〈いなか〉というのは、いわば日本人の原風景の中としての故郷」である、と述べる。作詞家は生々しい北の国を体で知っているわけでなく、だけれども想像力を駆使して典型としての〈北国〉像を作り上げている。しかも都会でつらくなったり疲れ果てたりした時に慰めてくれる〈いなか〉は、寒い、貧しいところでなければならぬわけで、「それはつまり東北以外にはありえないのだ」と根本さんは言う。色んな歌が北国を「ふるさと」として追慕していることへの、これは深く踏みこんだ意見ではなかろうか。

ところが、三年前の大震災で東北は大変な打撃を受けた。いまだに立ち直れず、都市部に住む人間の傷ついた心を抱きとめる余裕などなく、逆に慰め力づけられている状態だ。

「それでは、悲しいとき、つらくなった時、私たちはこれからはどこを目指せばいいのだろうか」——根本さんはこう結んでいる。東北に育った人は、今、このように実に複雑な思いなのである。

(二〇一四・三・三十一)

幼い頃を思い出してみた……………………人吉こども園「あのねせんせい」

最近、「あのねせんせい」という冊子を読んで感心した。これはわたしのふるさと熊本県人吉市の古刹・願成寺が経営する保育園「人吉こども園」から毎年一回発行されるもので、昨年（二〇一七年）四〇号に達したのだそうだ。最近号3冊が送られてきたのだが、すみずみまで子どもたちの新鮮な感覚が溢れていた。

きょうのおかずは
ほいくえんの
においがする
おいしーい

3歳1ヵ月　男児

おばあちゃん
すごいね

こーんなおおきい　パパを
うんだって
4歳4ヵ月　男児

おんなの
じょせいが
すき〜
3歳4ヵ月　男児

そらくんすごいけん
おちついたせいかつ
おくってるけん
6歳1ヵ月　女児

おかずに保育園の匂いを感じたり、大きなパパを産んだお祖母ちゃんに尊敬の念を抱いたりして、大人には真似できない敏感さだ。「おんなの／じょせいが／すき〜」とは好みを言っているつもりだろうが、魅力ある女性とそうでない女性とを鋭く見分けているのではなかろうか。ドキりとさせられる。「そらくん」に凄さを感じているのは、これは本物の「空」だろうか。あるいは人名だろうか。いずれにしても「おちついたせいかつ」を送っていることへの尊敬の念が面白い。こんなふうに、一人一人がまるで「詩人」である

自分にもかつてこんな伸びやかな感性があったはず。そこで遠い幼い日の記憶を辿ってみたのだが、わたしは一九四七年（昭和二十二）に人吉市の紺屋町というところで生まれた。家のすぐ裏手を球磨川の支流・山田川が流れており、「こうら（河原）」が広がり、鬼ごっこや隠れんぼ、野球などをしたし、夏には川へ入って水遊びや魚捕りに明け暮れた。川を挟んで紺屋町側は人吉市立東小学校区、駒井田町側は西小学校区であるが、互いに対岸へ向けて次のような歌をうたうことがあった。

〇〇校の　先生は
一足《た》す一も知らないで
黒板叩いて　泣いている

まったく、あの頃のガキどもはなんというはしたないことをやっていたのであろうか。相手校を罵《ののし》る際に、あろうことか先生たちのことをバカにしていたのである。しかも、この歌は球磨・人吉地方独自のものと長らく思い込んでいたが、大人になってから県北や宮崎県日向市東郷町、

鹿児島県奄美市などでも昭和二十年代からすでにうたわれていたことを知った。当時かなり広い範囲で広まっていたことが察せられ、つまりこれは一種の流行《はや》り歌だったのである。

もっとも、この思い出は小学校に上がってからのことである。そうでなく、「人吉こども園」の園児たちと同じ年頃に自分がどのような感性にあったかを辿ろうとしてみたものの、なかなか浮かんでこなかった。せいぜい、幼稚園に通うのは愉しくていつも朝まだ暗いうちから行って開門を待っていたなあ。あるいは、自分の通った幼稚園は願成寺とはまた違った寺の中にあったのだが、いたずらして叱られると罰として寺の納骨堂に閉じ込められていた。あれは怖かった。それから、学芸会で「分福茶釜《ぶんぶくちゃがま》」のたぬき役をさせられて愉しかったけど、確か幼稚園の時だったよなあ、いや小学校に入ってからだったかな、などと他愛もない思い出が甦ってくる程度である。

しかし、一つだけ、あの頃確かに自分の中に存在した感覚が思い出された。それを「あのねせんせい」流に記してみると、こうなる。

ばあちゃんは
おとこかなあ
おなごかなあ
むしゃんよか

母が美容院をやっていて忙しかったので、代わりに祖母が炊事・洗濯・掃除、そして子どもの世話もやっていた。顔や手が皺だらけだったが、腰はさほど曲がっておらず気丈《きじょう》で、懸命に家を支えてくれていたのである。そのような大切な祖母が男であるのか女なのか、幼い頃どうしても区別をつけきれなくて首を傾げる毎日であった。はじめ女だったけど、いつの間にか男になったのかも知れん、と思って祖母に訊ねてみたことさえある。祖母は苦笑いしていた。ちなみに、「むしゃんよか」は漢字交じりに書けば「武者ん良か」である。

「あのねせんせい」のおかげで、このようにして幼少の頃のことを虚心にじっくりと思い返すことができた。実に伸び伸びとした柔軟な感性、童心は羨ましい。人吉こども園の園児たち、どうか健やかに育ってほしい。

（二〇一八・二・十六）

少年の頃の山々は……………………………………うん、昔はやたら山を伐りよったからなあ

一月二十三日の夜、八代市坂本町に住む溝口隼平氏宅で昔の写真を観る会が行われ、友人二人と共に参加した。溝口氏はまだ三十歳代後半の若い人で、坂本町に残る古い写真の収集をつづけている。坂本町の球磨川には瀬戸石ダム（一九五八年竣工）があり、つい最近までは六年前から撤去公事の始まった荒瀬ダム（一九五五年竣工）の堰堤も存在した。この両ダムの建設される前後の頃の写真を、今回、スキャンしてスライドで百枚近く観せてくれたのである。

実に克明に当時の様子が辿れる。わたしなどは球磨川をずっとさかのぼった人吉市の町なかで育っているから、下流の坂本町のことは無知に等しい。でも、それでも写真に出てくる老若男女の顔つきや身なりなどを目にするだけで、昭和三十年代前後の貧しいけども健康的な雰囲気が画面に現れていて、ほんとにあの頃はそうだった、と懐かしさがこみ上げてくる。ダムを造るために川の両岸がコンクリートで塗り固められていく様子が映し出されると、天然の流れがこうして次々に人工的なものとされたのだな、と胸が痛んだ。二十人ほど来ていた現地の人たちの反応はさらに熱く、具体的で、一枚ごとに声が上がった。

「ほれ、一番右手に居るのは○○婆さんたい」

「後ろに見えるのは××さん宅。ダムで立ち退く時、取り壊されたとだったもんなあ」

「ほれ、葉木《はき》の川と球磨川本流との合流点。ここが、ダムが出来てから土砂がえらい溜まるようになって、水害が増えた」

「瀬戸石駅前たい。うん、昭和四十年七月二日の大水害で駅前の家は流されてしもうた」

「あれ以後、駅前は嵩《かさ》上げ工事があったとよなあ」

「肥薩線は、しかし、よう測量して造ってある。土砂崩れが起きんし、どぎゃん水がいみって(増えて)来たっちゃ、水が線路を越えることはなかったからなあ」

等々、聞いていると一つ一つが流域の昭和史だなと感ぜられた。

観ているうちに、連れのI氏が言った。

「あの頃の山々、えらく禿げてますね」

すると、すかさず現地住民の一人から、

「うん、昔はやたら山を伐りよったからなあ」

八十歳を越えた御老人であった。

「そしてな、あの頃まではまだコバ（焼畑）も多かったとですよ」

まだ七十歳を過ぎていないような男の人はそう言った。

「しかしな、やっぱあっちこっち伐りよった」

と御老人が首を横に振る。やりとりを聞いていて、どちらも本当だろう、と思った。上流に育った人間として、自分の人吉市周辺で見聞きしたこととピッタリ重なるからである。人吉の町なかで育ったが、親戚はたいてい郊外の農山村に住んでおり、昭和二十年代後半から四十年代にかけて何かにつけて遊びにいくことがあった。あの頃、盆地を囲む山々は至るところで禿げていたのである。木材が高く売れていた時代だから、やたら伐られていた。あちこちで、段々畑も見られた。山村には人が結構多く住んでいた。

ある同級生など、私立大学に入るとき多額の入学金が必要だ。すると、父親が、

「今、わが家には現金がなかたい。裏の山の杉を何本伐れば、払えるじゃろうかなあ」

と思案しているのを目の前で見たことがある。山持ちさんは羨ましいなあ、と思った。

乱伐されるから、山々に保水力がなくなる。一九六三年（昭和三十八）、六四、六五年と立て続

けに球磨川流域で大水害が発生したのは当然だった。一九六五年（昭和四十）の七月が最もひどくて、高校の一学期末考査が中止となった。生徒会で救援物資輸送を行うことになって、わたしなどもその活動に加わり、大きなリュックサックに色んな物を詰め込んで、主として五木村や球磨村方面を配ってまわった。あれは何日間続いたのだったかなあ。それから、大学時代の夏休みに帰省した折り、知り合いのおじさんが球磨・人吉地方の山を買収するので下見しに行く、荷物担ぎを手伝えと言われて一週間ほどついて回ったことがある。売りに出ていたのはたいていが禿げ山で、だからどこも大変に見晴らしが良かった。

――そのような具合に、あの頃のことが次から次に甦ってくるのだった。（二〇一八・二・二十七）

思い出の場所……………………耕治人「いずみ」「うずまき」

BSプレミアムの人気番組「こころ旅」は、いつも心待ちにして観ている。俳優の火野正平が愛車チャリオと共に各地を旅する番組だ。事前に視聴者から思い出深い場所や忘れられない風景について手紙を寄せてもらい、そこを訪ね当てる、という趣向である。番組が開始されてすでに七年になるが、終わる気配がない。この番組を支持するファンが多いから続くのであろう。実際、面白い。火野正平は、急坂を上がる時は愛車をいたわりながらゼイゼイ言って漕ぎ上がる。橋を渡るときなどには、高所恐怖症なのでチャリオから下りて手押しして、へっぴり腰でよろよろ進む。ガンバレ、へこたれるな、と声をかけたくなる。若い女性に出会うと機嫌良いし、年増のおばさんたちから声かけられたら物憂さそうな顔をする。正直なのだ。また、あちこちで雑魚や蛙や昆虫などの小動物と遊んだり、食べられる木の実は口に入れて愉しむ。火野正平は愛すべき自然児だ。

だが、なんといっても感心するのが視聴者からの手紙、つまり「こころの風景」である。結婚相手と初めて出会った海岸とか、子供時代にとても危ない目に遭った場所、昔住んでいた町、あるいはかつて旅行してひどく感動した風景等々が毎回紹介される。やはり、どのような人にも必ず一つは忘れられない大切な場所や風景があるものなのだ。試しに女房に聞いてみたら、若い頃に不知火海沿岸の海水浴場でキャンプしたことがある、その折り朝起きてテントの外へ出たら沖の方に帆掛け船が何隻も浮かんでいた、あれは今も鮮やかに目に焼きついている、と答えた。それは「うたせ網漁」といって帆掛け船で出漁し、袋状の網を海中に下ろしてゆっくり航行する。そして、ある程度の時間が来たら網を引き揚げるという、独特の網漁だ。波静かな不知火の海を帆掛け船が漂うシーンは、確かに夢まぼろしかと見紛うような美しい風景である。

さて、わたし自身である。もし自分が「こころ旅」に手紙を出すとすれば、「こころの風景」にふさわしいものが何かあるだろうか。これが、番組が始まって以来ずっと考えがまとまらずにズルズルと時間が経ってしまった。でも、最近になってようやく一つにまとまってきた。わたしの場合、それは生まれて初めて海を見たときのこと。まだ幼稚園児だった頃のこと、人吉市立東小学校四年生全員が八代市の白島《しろしま》海岸に潮干狩りに出かけた。兄が、四年生だった。保護者や家族もついて来てよろしいということで、父が、幼いわたしも連れて同行したのである。人吉は山に囲まれた盆地の町である。日頃見たこともない海へ行くというので、兄たちは興奮気味だった。連れられていくわたしなどは海への憧れも抱く反面、怖くもあった。なぜなら、出かけるずっと前から父も、兄も、

「海にはな、潮の満ち干きというものがある。潮が先の方へすざっとる（干いている）時に浜に出て、貝を掘る。これが潮干狩りちゅう遊びたい。そるばってん、知らん間に沖の方から潮がいみって（満ちて）来るとゾ。ボンヤリしとったら、海の水が押し寄せて来て、波に掠《さら》わるるからな」

こう脅すのだった。脅すときの喋り方も身振り手振りも大仰で、迫力があった。だから「潮」のことが気が気でなかった。

当時は道が狭くてガタピシで、人吉から球磨川沿いに八代まで辿る約六十キロが貸し切りバスで二時間半かかった。一般車と行き合った時に離合するのが大変だった。さて、ようやく八代に着くと、干拓堤防の上を行く。すると、堤防の尖端となる地点に白島というところがあった。そこは昔は小さな島だったが、明治時代に干拓事業により陸地と繋がってしまった、などとは大人になってから知った。白島には、浜辺に沿ってダンチクというのか、水俣あたりでは「アンポンタン」などと呼ばれていることを後年になって知ったが、ヨシに似た丈の高い植物がずらりと生えていたのを覚えている。渚に面して茶店があり、そこで麦わら帽子をかぶったり、リュック

サックから熊手を取り出したりして身支度を整え、引率の先生の注意事項伝達が行われて後、潮の干ききった広々とした潟へと出た。やり方をまわりの人たちに教わりながら干潟を熊手で掻いてみると、これは実に面白かった。ハマグリ、アサリ、ウバガイ、カニ、ヤドカリなど、いくらでも出てくるので、小バケツはすぐに満杯になった。もっとも、笑われてしまった。カニとかヤドカリは獲物とはいえない。それに、ウバガイなども、

「そぎゃんと採ってどぎゃんするか」

と父からも兄からも馬鹿にされた。ウバガイは砂抜きするのが大変で、味もさほど良くないらしかった。それから、貝を掘っているうちに自分の拳よりも大きなカニに手を挟まれて、痛いの何の、ヒェーッと悲鳴を上げてしまった。

ひとしきり夢中になって遊んだが、さて、気がつくと、沖の方に白い雲のようなものが横たわっている。兄が、

「あれだ、あれが潮ゾ。今から押し寄せてくる。ボヤボヤしとられんなあ」

と言うので、途端に怖くなった。しかも、気のせいか急にその白い「潮」が膨らみ、躍っているように見えてしまい、

「早う茶店に戻ろい。早く。早うせんと、潮が来る、潮が来る」

と父にも兄にもせっついた。言っているうちにますます恐怖が増してきて、身も世もなかった。涙が出て来て、泣きに泣いた。それで、周りにいたみんなからゲラゲラ笑われてしまったので

あった。そのようにして初めての海を体験したから、記念写真に写るわたしは、四年生たちの後ろの方で父に抱きかかえられ、みじめにベソかいている。

これは一九五三年（昭和二十八）五月二十七日のことであった。なぜそのようにはっきり分かるのかと言えば、記念写真に日付けが刷り込まれているからである。当時、球磨川の下流には荒瀬ダム・瀬戸石ダムが建設中であった。荒瀬ダムの完成は一九五五年（昭和三十）、瀬戸石ダムは一九五八年（昭和三十三）完成。荒瀬ダムの方は最近撤去されて、今はもうない。そして白島海岸であるが、昭和三十年代に埋め立てと港湾工事が始まり、島の前面は八代内港・外港と化した。だから風景はまるで一変してしまっている。ただ、茶店の西側にあった清冽な「地獄尻」という名の湧き水は今もある。この湧水のことは、耕治人の小説「いずみ」「うずまき」「二人の兄」（いずれも晶文社刊『耕治人全集』第三巻所収）等で印象深く描かれている。そして白島のすぐ近くにある病院には、後に、姉が長いことお世話になった。わたしはわたしで、一九七九年（昭和五十四）に学校勤務の関係で八代市に赴任して以来、ちょっとの間いるつもりだったのが色んな事情が重なって、結局住み着くこととなった。八代で生まれ育ったわたしの一人娘にとって、ここは完全にふるさとである。八代には御縁があるのだなあ、と思う他はない。

――こんなふうな話を便りに書いて出そうなどと、出しゃばった気持ちは全くない。「こころ旅」には感動的な手紙が続々紹介されており、歯が立たない感じだ。それでも、自分にとっては忘れられない場所であり、思い出なのだなあ。今、しんみりした気分である。（二〇一八・五・七）

白島へ……………………婆ちゃんは手を振ってくれた

白島へ、行ってみた。

四月十八日、良い天気であった。午前九時半頃に自転車で家を出た。球磨川の分流である前川の左岸を少し遡った後、旧前川橋から右岸へと渡る。後は、その土手を下流へと進めばいい。前川の河口に展開するのが八代内港・外港であり、白島は内港の方のほとりに面している。わが家からおおよそ七キロほどの距離、気ままなサイクリング気分だ。途中で住吉神社に入り込んだり旧蛇籠港で休憩したりして、白島に着いたのが午前十時過ぎであった。昔は名前のとおり「島」だったのだが、干拓事業によって小丘と化した白島。幼稚園の頃に潮干狩りに連れてこられた時には白島の前面は海に面しており、渚に茶店があった。茶店で着替えや貝掘り道具の確認があった後、目の前のだだっ広い干潟へ出て潮干狩りに興じたのだったが、あの茶店のあった場所はどこだろうか。広場があるので、自転車を置いた。目の前に白島の丘、丘への登り口に赤い鳥居がある。鳥居の近くに立つ標識には、こう記されている。

明治三十七年（一九〇四）郡築干拓造成以前は八代海の孤島であったこの白島は、良質の石灰岩からなり、八代最初の平城である麦島城、名古屋城をモデルに築城された八代城の石材を切り出した島で、その跡が残っている。元禄年間にこの石材で作った手水鉢が江戸へ送られた記録がある。島には東端と西端に湧水池があり、西端を地獄尻と呼んだ。妙見町水無川の君が渕が底なし渕と伝えられ、その底流水がここに湧いて出ると言われていた。実は宮地に広がる伏流水が清水として湧き、泉となっていたものである。貴重な飲料水や灌漑用水となっていた。島の中腹には弁財天を祀る祠がある。石切場であったため、島は小さく変貌している。

ははあ、そういうことだったのか。かつてこの島は石切場で、ここから産出された良質の石灰岩はわが家のすぐ近く小西行長が築いた麦島城にも使われ、八代市中心部の八代城を加藤正方が造る際にも切り出された。そういえば、八代城は石垣が白いので「白鷺城」と称されたそうだ。さらに、元禄年間には白島の石で造られた手水鉢が江戸表へ差し出されたこともある、というわけだ。白島が干拓事業により陸地化したのが、一九〇四年（明治三十七）。その間、良質の石灰岩は何かにつけて切り出され、島は低く小さくなっていったのだ。白島がこのような歴史を背負っていたとは、正直、驚きであった。わたしが「潮の来る、早う戻ろう」と泣きじゃくったのは一九五三年（昭和二十八）五月二十七日だが、その後、昭和三十年代には白島の前面の海も埋め立てが行われ、沖の方は逆に深く掘られて、昭和四十年代にはここらに八代内港・外港が完成する。潮干狩りや海苔養殖や定置網漁の行われていた豊饒の海は、消えてしまった……。

白島の丘のてっぺんまで登ってみようとしていたら、人の好さそうな婆ちゃんが現れた。

「このへんに、昔、茶店がなかったですかね」

と話しかけてみた。

「茶店、ほう、茶店ねえ……、あなた、それはいったい、いつ頃の話ですか」

ちょっと不意を突かれたふうである。

「昭和二十八年の五月に、人吉からここへ潮干狩りに連れてきてもらったとですよ。その時、浜辺の茶店で休憩したとですが」

そうしたら婆ちゃんは、笑みを浮かべて、

「それなら、わたしたちがここに来る前の話たい。わたしたちゃ四十年前に天草から来たとだもん。うちの人が船の仕事しよったから」

はは あ、とため息が出る思いだ。四十年前というなら、一九七八年（昭和五十三）頃。ここらはもう完全に埋め立てられ、八代内港・外港もすでに出来上がっていた。わたしはそれより二十五年も早い時期にここへ潮干狩りに来たことになる。

「茶店のことは知らんけど、ここには回転焼き屋があった。風呂屋もあったよ」

婆ちゃんは懐かしそうである。そうか、八代内港・外港が出来て色んな船が発着するものだから、ここらはいわゆる「港町」として繁盛を極めた一時期があったのだ。だが、それももう今となってはすでに過去の話である。モータリゼーションが進むにつれて海上交通は衰え、港もあまり利用されなくなった。外港の方には大型客船や貨物船が来るので、少なくともその時だけは賑やかであるが、内港周辺はさっぱりである。

「せっかく来たのならば、上まで登ってみてごらん。眺めが良かよ。向こうの広場に行けば、てっぺんが見えるけん。そこの先の広場から、あたしが下から手を振ってあげるよ」

と婆ちゃんが言うので、そうすることにした。鳥居を潜って、山道にとりつく。ちょっと歩を進めるだけで左手に弁財天が現れる。恭しく柏手を打ってから右へと視線をやると、もうすぐ目の前が頂上だ。五分もかかったろうか、あっけない「登山」であった。頂上に立って下の方を見ると、確かに広場があって人がいる。でも、婆ちゃんでなく男衆が二人、所在なさそうだ。だが、見ているうちに右手からお婆ちゃんが現れ、こちらを見上げて手を振ってくれた。うれしいなあ、婆ちゃんは約束を守ってくれた。

「いやあ、登りましたよー、すぐでした」

と大声で報告したが、聞こえたか、どうか。婆ちゃんはニコニコ顔で見上げている。

自転車を置いた場所へ下りて行ったら、男の人がいた。八十歳には達していそうな人だ。声をかけ、茶店のことを訊ねてみたら、

「茶店ね。あれはその鳥居のもうちょっと右手の方だったかな。確かにあったなあ」

はるか遠くの方を眺めるかのような表情だ。ここらは海水浴場として賑わっていたし、潮干狩りも盛んだったとか、ハマグリの産地だったとか、ここ白島の裾には二箇所、湧き水がある。東の裾の湧水はこのあたりで使われるだけでなく、不知火海を挟んだ対岸の天草島へも鉄管で送ら

れている。西裾の湧水は「地獄尻」と呼ばれ、かつて池をなしていた。今も、わりと良く水が湧く、というようなことも丁寧に教えてくださった。この地獄尻についてはわたしも何度か見に行ったことがあるから、話を聞きながら親近感があった。

ひとしきり語った後、

「ちょっと、今、ここの鍵を持って来るから」

とその人は言った。鳥居の前に平屋建ての一軒家があり、そこは公民館なのだそうだ。

「すると、ここは町内会の集まりの場ですね」

「はい、わたしは町内会長です」

いや、これは幸運であった。町内会長さんはしばらくしてから戻って来て、公民館の中へ入れてくれた。館内の奥には、壁に昔の白島あたりの写真が何枚も展示されているのだった。白島の遠景、大勢の人が海水浴場を愉しんでいる様子、茶店の写っている風景、等々である。ああ、そうそう、こんなふうなところだった、と幼い頃の記憶が鮮やかに蘇る。港町と化した現在のこのあたりからすれば、似ても似つかぬのどかな海浜風景。観ていてため息が出てしまった。幼稚園生の頃のわたしは、このような景観の中で「初めての海」のプレッシャーに怯えたのだなあ。

埋め立てが始まった頃の写真もあって、撮影者はなんと『昭和の貌――《あの頃》を撮る』（弦書房）の麦島勝氏。さすが麦島氏、時代の移り変わりを捉えてくれていたわけだ。

写真展示の横にはここ八代市港町の歴史が記されており、それによれば町内が正式に発足したのは一九六二年（昭和三十七）十一月一日。ということは、その頃ようやく港は姿を整えていたことになる。現在の会長さんは第十一代で、二〇一五年（平成二十七）四月就任、とある。これを観せてくれた第十一代町内会長さんに深々と頭を下げてから、家に帰ったのであった。

ついでながら、後で白島について調べてみたら、白島の標高は十八・七メートル、熊本県で一番低い山とのことだ。でも、実際には九州で最も低いに違いない。試しにインターネットで検索してみたら、福岡県の西の方にある小岳が九州一低いとされていた。でもその小岳は二十一・一メートル。長崎県の細ヶ岳が二十五メートル。こういうのより白島の方が低いからである。全国的には、宮城県仙台市の日和山というのが三メートル、次に大阪市の天保山四・五メートル、さらに同じ大阪市蘇鉄山が六・九メートルである。ベスト三にも入らぬことになる。やはり上には上があるものだ、いや、下には下がある、というべきか。インターネットでなく、ちゃんとした文献に当たれば、もっと確かな情報が得られるのではなかろうか。ともあれ、こうした低い山ばかりを巡ってみるのもおもしろかろうな、と思ったことであった。

（二〇一八・五・二十三）

久しぶりのふるさとで……………………昭和五十八年以来、入浴料が同じである温泉

十月二十九日、快晴。久しぶりにふるさとへドライブをした。

わたしは熊本県人吉市の出身だが、そのちょっと先、球磨郡あさぎり町の親戚が新米をくれる

から、その日、丁度折り良く福岡市在住の娘が帰ってきていたから一緒に受け取りに出かけたのである。毎年くれるので、ありがたいことだといつも思う。実は、米は他の親戚からも貰うことが多い。自分で耕すのでもなく、ふるさとの親戚が作った米を分けてもらえる。おかげでもう長いこと米を買わずに済んでいるのだから、感謝せずにはいられない。

三十キログラム入りの新米を車に積んでわが家へと帰る時、人吉市内を通過した。そしたら、娘が「温泉に浸かりたい」と言い出した。ああ、かまわんけど、どこの温泉に浸かるか。人吉の町の中にあるのは、わりと古いタイプの「銭湯」という感じ。これに対して、郊外に営業しているのは「温泉センター」と呼ぶのがふさわしい。流行《はや》っているのはどうしても郊外の温泉センタータイプの方で、広いし、設備もいろいろ充実している。だから、町の中の温泉は寂れてしまっているのが実情だ。ところが、娘はそっちのタイプの温泉に行ってみたい、と言い出した。そうさなあ、町なかのどれが良いだろうか、と迷ったが、久しぶりにT温泉へ入ってみることにした。

そこは人吉城址の近く、或る球磨焼酎醸造元の隣りに立地しており、古い木造平屋建て。建物に向かって右手が男湯、左手が女湯である。ギィとドアを開けて入ると、ガランとして人の気配がない。男湯と女湯の間の番台に箱が置いてあり、料金を入れるようになっている。二百円だそうだ。番台に人が居らず、しかも入浴料わずか二百円なのだ。八代に住んでいるからよく日奈久温泉に行くが、日奈久でもこういう場面に出くわす。ただ、それは時たま従業員が忙しいために番台が留守状態になっているわけだ。ここではどうなのだろう。事情が分からぬながら、低料金である上に客を信頼して料金を箱に入れてもらうという、この「性善説」には実に頭が下がる。娘もわたしもうやうやしく百円玉二個ずつを料金箱に入れて、それぞれ男湯・女湯へと入ったのであった。

なんという湯の澄み切り方であったろう。湯槽が二つ並んだ浴場に先客はいない。程ほどの温度の湯が勢いよく流れ込み、ザブンと浸かると心地良いことこの上もない。これで二百円とは、ほんとにゼイタクである。「おーい、これはサイコーだよな!」と女湯の娘に声をかけたかったが、もしかしてそっちの方には浴客がいるかも知れず、はしたなく思って控えておいた。そしたら、わが男湯には五十歳代かと察せられる小太りの人が来た。番台に金を置くとすぐに衣服を脱ぎ、サッサと裸になった。常連であるに違いなかった。

「ここは良いですねえ。湯がきれいだ」

と声をかけたら、常連さんは何食わぬ顔で、

「今日の湯加減は、まあまあです」

と呟いた。

「すると、まあまあでない時もあるとですか」

常連さんは頷いて、

「湯を沸かし過ぎることがあって、ですね。昨日は浸かっとるのがつらかった」

とぼやいてみせた。この人は毎日ここへ入りに来るのであるらしい。なんでも、ここの源泉はわりとぬるいのだそうだ。だから適当に沸かすことにしてあるらしいが、たいして入浴客も多そうでないのにそんなことをするのである。採算は取れているのだろうか、と心配してあげたくなった。

「夕方や夜には、入りに来る人たちは多いのですか」

と聞くと、

「はい、いや、うん、まあまあかな」

と答え方があいまいだ。そしてここの湯は、

「一部分を焼酎蔵の方に引いて、見学客が足湯できるようにしてありますもん」

ははあ、してみればこのT温泉の持ち主は隣りの焼酎醸造元なのだな、と察せられた。それにしても入浴料二百円、ぬるい源泉を沸かして提供するのだから、頭が下がる。

常連さんはちょっと浸かった後、体を洗い、拭いて、アッという間に着替え場に戻って行った。わたしはもうしばらく湯を愉しんでから着替え場に戻ったが、折良く娘も着替え終わり、外へ出ようとするところであった。その時になって、番台の後方の料金表に新たに気づいたことがあった。料金は、「大人二百円(中学生以上)、中人百円(小学生)、小人(幼児)五十円」と記してある。「洗髪料」は三十円と記されているが、よく見ると×印がつけられており、後でもう料金をとらなくなったのではなかろうか。うやうやしく「熊本県知事指定料金」と刷り込んである。うん、それ

はさっき見たから知っていた。だが、その料金表の日付けが、さっき気づいてなかったのである。よく見ると、「昭和五十八年六月一日」とあるではないか。う、う、うわあ……、これって、何十年前になるのだ？　わたしはとてもとても感動してしまった。

あさぎり町では労せずして親戚からおいしい新米をたくさん分けて貰い、人吉の町なかでは一九八三年（昭和五十八）以来入浴料の値上げがなされない温泉にぬくぬくと入ることができた。これはもう、ふるさとに尻を向けて寝るわけにはいかないなあ。しみじみと思った。

（二〇一八・十一・九）

青

見知ラヌ自分ガソコニイル！

御御御付けの思い出……銀座四丁目、シチュー料理店にて

この頃、味噌汁がおいしい。

わたしのふるさと熊本県人吉市では、味噌汁のことは「おつけ」と呼ばれていた。おつけはおおむね実だくさんであった。秋だと大根やら椎茸やら菜っ葉などが入っていて、鍋の中が賑やかだった。おつけの他にはおかずも要らず、あとは飯と漬物があれば充分なくらいだった。そのようなおつけに慣れ親しんで育ったから、高校を卒業して東京へ出たとき、正直言ってとまどった。汁が薄いし、実が少ない。豆腐なら豆腐だけ、ナメコならナメコ一品、いや油揚げの切ったのは

入っていたか。東京の人たちはケチだなあと思った。

開眼させられたのは、銀座四丁目の歌舞伎座の裏にある「銀之塔」という料理店にアルバイトに行った時であった。店で出すのはビーフシチューとグラタンだけであるが、スタッフは開店前の朝食時と閉店後の夕食時、炊事場にある食材をつかってあれやこれや賄《まかな》い料理を作るのが習慣だった。店のおばちゃんは味噌汁を「おみおつけ」と言っていた。ある時、あなたもおみおつけを作ってみるようにとの指示を受けたので実だくさんの汁をこしらえた。そしたら、

「こんなもの、おみおつけって言わないのよ」と叱られた。おばちゃんによれば、実だくさんだとそれぞれの素材がお互いにぶつかり合って風味をなくしてしまう。

「豆腐なら豆腐の風味をしっかり味わわなくてはダメよ」

だからあんたのこしらえたのはおみおつけでなくて、ただのごった煮だ、というのである。わたしはようやくおみおつけの精神に気づかされた。東京の人たちはケチなのでなく、繊細で上品なんだ！

それに、「おみおつけ」という呼び名にも馴染めなかった。なぜ味噌汁といわずにおみおつけなのか。これが、辞書で調べてみたら「御御御付け」と表記され、「味噌汁の丁寧な言い方」と説明してあった。「御」が三つも重なる。いや、それならばもともとは「付け」で良いので、元来、本膳に汁物を付け添えることからきた言い方であろう。ふるさとではこれに「御」をつけて、「御つけ」だったのである。田舎くさい方言と思いこんでいたが、わりと正式な言葉だったわけだ。

さて、それがいつしかもう一つ「御」が加わって「御御付け」、これはさしずめ「みおつけ」と言っていたのだろうか。さらにまた丁寧に「御」がくっついて「御御御付け」となり、「おみおつけ」と読むのか。となれば、えらくうやうやしくて、ガチガチにかしこまった言い回しだ。田舎出身のわたしは、辞書に見入りながら、感心したり呆れたりだった。

今日は他愛もないことを思い出した。豆腐の「御御御付け」でも作ってみようかな？

（二〇一二・十・十二）

ある常連客……………………………………「柳家先生がいらっしゃいました！」

知り合いが、用事があって何日間か東京へ行ってきたという。

「良いなあ」と羨んだら、

「あんたもよく行くでしょうが」

と笑われた。確かにその通りなのだが、田舎に暮らしていると時折り東京が恋しい。しかも、寒い時季にはビーフシチューとグラタンのおいしい店が懐かしくなる。食べれば体が暖まるしなあ……いやいや、そうではなく店で出会った人たちのことが思い出されるのである。

その店でアルバイトをしたのは、一九六九年（昭和四十四）一月から一九七一年（昭和四十六）初夏の頃までの二年三ヶ月だった。皿洗いや、仕込みの手伝いもするし、出前持ちもしていたのである。歌舞伎座のすぐ裏にあるせいか、役者さんたちがしょっちゅう食べに来ていたし、楽屋へ出前も頼まれていた。歌舞伎関係だけでなく、タレントの黒柳徹子さんとか作家の舟橋聖一さん等、結構名の売れている人たちもよく来た。そのような常連さんが店に現れたら丁寧な応対が必要だから、すぐに店主のおばちゃんに知らせるようにと言い含められていた。そんな中に、喜劇役者の柳家《やなぎや》金《きん》語楼《ごろう》さんも、時折り付け人やご婦人を伴ってシチューを食べに来ていた。初めて店の入口にその姿を見た時、大声で、

「金語楼さんがいらっしゃいましたー！」

と伝えたところ、店内がドッと沸いた。「キンゴロー」と耳にするだけで、そのおもしろおかしい台詞《せりふ》やジェスチャーが思い浮かぶのだったろう。当時、そのようにも人気があった。

金語楼さんは、渋い顔して坐った。わたしはおばちゃんから厨房の隅っこに呼ばれて、小声ながら、

「キンゴローサンなんて言ったから、他のお客さんたちが吹き出したじゃないのよ！」

ときつく注意された。

それで次に見えた時には、

「柳家さんがいらっしゃいましたー！」

と変えてみたが、また叱られた。

「羊羹屋の社長さんと間違えちゃったじゃないのよ！」

おばちゃんは大むくれだった。店の斜め前に「柳屋」という羊羹製造の老舗《しにせ》があって、そこの人もたまには来ていたからである。金語楼さんは以前と同様、渋い顔で黙々とシチューを食べた。

結局、

「柳家先生がいらっしゃいました！」

とおばちゃんに伝えることになった。実際、渋い顔してシチューを啜る金語楼さんには、まことに「先生」と呼ばれるにふさわしい風格がただよっていた。ＮＨＫの人気番組「ジェスチャー」や民放のドラマ「おトラさん」でおなじみの滑稽な喜劇役者という雰囲気はまるでなく、ただし不機嫌でも堅苦しいのでもない、疲れ切ってもいない。ただ、口数少ない年とった人が普通にそこにいて、持ち前の無愛想な表情をくずさないだけ、といった風情であった。

観客を笑わせる芸人が仕事から離れても同じ調子である、とは必ずしも言えないようで、プライベートな場では意外とあんな調子なのだろうか。もっとも、今度調べてみたら金語楼さんは一九七二年（昭和四十七）の十月に七十一歳で亡くなっており、そうすると、わたしがその姿に接したのは最晩年の時期なのだなあ、と感慨深いものがあった。体力や気力の衰えが風貌にも現れていたのだったかもしれない。

（二〇一二・十一・二十三）

見知ラヌ自分ガソコニ居ル！……………………深沢七郎『楢山節考』

十月二十一日の「日本経済新聞」文化欄に、熊本県水俣市在住の萩嶺強《はぎみねつよし》氏による「水俣の早世詩人を広める」と題する一文が載った。氏は淵上毛錢を顕彰する会の事務局長で、十七年前の一九九八年（平成十）から毛錢の詩世界を世に広めるため講演会やミニコンサートを開催したり、その詩碑を建立するといった活動を奥さんや市民有志の方たちと一緒に根気よく続けてこられた。その活動経過を要領よくまとめた好レポートであった。今年は、毛錢生誕百周年である。わたしとしても、三年ほどかけて書いてきた『生きた、臥た、書いた――淵上毛錢の詩と生涯』（弦書房）や以前編纂した『淵上毛錢詩集』（石風社）の増補改装版が間もなく出来上がろうとしていたので、新聞記事はタイムリーであった。

しかも、記事の中にはわたしの名が二度登場したが、それを目にした東京在住のK氏が四十四年ぶりに便りをよこしてくれたのである。わたしが夜間大学四年（一九七一年）の夏に銀座四丁目の料理店「銀之塔」でのアルバイトを辞めようとする直前、同じ大学から入って来たのがK氏だった。それまで二年半近くその店で働かせてもらい、バイト代も高いし、朝・昼そこで食事もできる。ビーフシチューは毎日食わせてもらっていた。なにしろその店のメニューはビーフシチューとグラタンだけなのであるが、昼食時や夕食時には必ず行列ができてしまうほどおいしいのであった。だから辞めるのはもったいなかったが、夏休みを利用してふるさとの母校で教育実習をすることになっていた。ついでに卒論に「島尾敏雄論」を書くための奄美大島への旅行も計画していたから、思い切って区切りをつけたのだった。だからK氏とは、ほんのちょっとの間、一緒に仕事をしたに過ぎないのだが、彼は短い期間のことを実によく覚えてくれていた。

便りに記されていた懐かしい思い出話の中には、こちらがまったく覚えておらずキョトンとなってしまうものもあった。それは、店での仕事が終わって大学の方へ行く時のことだ。立ち寄った銀座の書店で、わたしが深沢七郎の『楢山節考』（中央公論社）を取り出してK氏に、

「これ、読んだことある？」

と聞き、その本をパラパラとめくっていたが、あるところに差しかかって歌をうたいはじめた、というのである。便りの中にそんなことまで記されているので、

「エーッ」

思わず声をあげてしまった。ただ、確かにあの頃、深沢七郎の作品は好きで、こまめに読んでいたことは間違いない。何というか、近代ヒューマニズムと違った土俗的な発想があり、どうしようもなく惹かれていた。この作家の書いたものは、目につく限りすべて読んでいたと思う。そして『楢山節考』に関していえば、あの小説では七十歳を超えた年寄りは口減らしのため楢山へ行って死を迎えなくてはならぬ。それを楢山参りと称して、盆踊りの歌にも、

楢山祭りが三度来りゃよ
栗の種から花が咲く

塩屋のおとりさん運がよい
山へ行く日にゃ雪が降る

などとうたわれる、という設定になっている。あるいは「つんぼゆすり」とか「鬼ゆすり」と呼ばれる歌も出ていて、それは、

ろっこん、ろっこん、ろっこんな
お子守りゃ楽のようでらくじゃない
肩は重いし背中じゃ泣くし
ァろっこん〳〵ろっこんな

などとうたう。これは子守唄というよりも、楢山へ年寄りを棄てに行く際にお伴の者がうたうのである。両方とも作者自身の作詞・作曲によるものであり、作品の末尾に楽譜もついていたから、それを辿りながら自分でうたえるまでになってはいた。深沢七郎はもともとはプロのギター

リストであったから、曲を作ることに関しても慣れていたのだろう。覚えやすい旋律であった。それはそうであったが、学生が、東京は銀座の本屋の中で、年寄りを棄てにゆく歌を口ずさむ……。自分でそのようなことをやらかしたなどとは、ちょっと背筋が寒くなってしまった。

家の者は面白がって、

「アナタナラ、アリ得ル話ヨ」

とからかう。しかしなあ、自分では狐につままれたような話である。

ああ、ああ、見知ラヌ自分ガソコニ居ル！

（二〇一五・十一・六）

昭和四十四年一月十八日のこと……………カルメン・マキ「時には母のない子のように」

何日か前にテレビで昭和歌謡の特集番組を観たのだが、一九六九年（昭和四十四）に流行ったカルメン・マキ「時には母のない子のように」や藤圭子「新宿の女」などの話題のとき、画面いっぱいに東京大学の安田講堂が映し出された。安田講堂へ向けて、警視庁機動隊が壮んに放水している。催涙弾も飛んでいるようだ。これに対して安田講堂の方では、ヘルメットを被った学生が窓から顔を覗かせているのが見える。火炎瓶を投げているかも知れない。機動隊が講堂内に立てこもる全共闘学生たちを排除すべく作戦を行っており、学生たちは抵抗を続けている、という光景である。

当時、法政大学の二部（夜間部）に在籍する学生で、昼間は中央区京橋にあった雪華社という小出版社で編集の手伝いなどに従事していた。ただ何かと人間関係が難しく、給料も少なく、大学への授業料納付も滞りがちになっていたため、一年三ヶ月勤めた段階で思い切って辞めた。そして、会社勤務最後の日が、一九六九年（昭和四十四）一月十八日だった。午後五時過ぎ、会社の人たちに挨拶をして外へ出た。まっすぐ大学へ向かうつもりだったが、東京大学方面が騒然としていると知って国電御茶ノ水駅で下車した。すると、あたりは催涙ガスが立ちこめており、眼がチカチカ、ヒリヒリしてならない。あのとき、用心のためすでにレモンを持参していた。催涙ガスに対処する際にレモンを使うというのは、学生運動をやっている友人から教えてもらっていた。レモンを潰して、汁を出し、目に塗った。すると目が楽になったので、東京大学方面へと本郷通りを歩いて行ったのだった。そして、赤門前からすれば道路の向かい側にしばらくいたのだが、まわりは機動隊員ばかりである。わたしの他にも野次馬はいたが、よくぞまあ退去を迫られなかったものである。だが、どうもその時刻、つまり六時前頃、攻防戦はいったん休止の状態だったようである。攻防戦の決着がついたのは、確か翌日になってからのはずだ。少なくともわたしが居た二十分ほどの間、激しいせめぎ合いはなかった。ただただ催涙ガスがただよっており、講堂の方からは学生たちの罵声が届いていた。道路はほとんど交通止め状態で、火炎瓶のかけらや石ころなど雑多なものが散乱していた。

あの時、こうしたありさまに見入りながら、明日からどうやって飯を食うかの心配をしていた。

会社を辞めて、次の仕事の当てが全くないわけではなかったものの、当分は無収入で過ごさねばならなかったのである。正直、とても心細かった。安田講堂に立てこもっている連中に少なくとも反感は持っていなかった。むしろ、見ていて血の沸きたつ感じだった。一方、すぐ近くにいる機動隊には、敵視したい気分があった。といっても、安田講堂の中に飛び込んで全共闘の彼等と一緒に行動したいわけではなかった。あの頃、自分の通う大学も紛争が続いていて、しょっちゅう休講だった。世の中全体が落ち着いていなかったのだ。でも、日々、活気はあった。

あれから六ヶ月間は失業保険でなんとか食いつなぎ、その後、知り合いの人が世話してくれて銀座四丁目のビーフシチューとグラタンを食わせる料理屋で働くこととなった。あれでようやく毎日の生活に幾分かのゆとりが出てきたのだったなあ……つい昨日のことだったかのように、当時のことがあれやこれやと思い出されるのだった。

（二〇一六・一・十三）

三畳一間……………………………………………………ちあきなおみ「新宿情話」

暦の上ではすでに春だが、実際には毎日寒くてならない。そんな寒い夜、テレビを観ていたら、若い女性歌手が「新宿情話」という実にわびしい歌をカバーして唄っていた。

新宿は西口の

間口五尺のぽん太の店が
とうとうつぶれて　泣いてるヒロ子
三畳一間で　よかったら
ついておいでよ　ぼくんちに

久しぶりに聴いたので、懐かしかった。これは一九八四年（昭和五十九）に世に出た歌で、ちあきなおみが唄ったと記憶しているが、あとで調べたら細川たかしもレコーディングしたらしい。でも、細川たかしには似合わない曲だ。ちあきなおみでないと、これにふさわしい情感が生じないだろう。

いや、それはともかく、「新宿情話」の歌詞には「三畳一間」が出てくる。これは、今はもうほとんど死語と化して、若い層にはまったくピンとこないのではなかろうか。最近ではもう、どんなケチな貸間でも三畳のところなんかなかろう。「新宿は西口の」でわたしの頭に浮かぶのは、新宿西口ガード横の飲み屋街だ。現在では「思い出横丁」などとヤワな呼び名となってしまっているが、もともとは「ションベン横丁」である。歌の中で、「ぼく」は、飲み屋街の中のちっぽけな居酒屋がとうとう潰れた、従業員のヒロ子はかなしくて泣いているだろう、よかったら「ぼく」のところへお出でよ、と呼びかけている。だが、その部屋たるや「三畳一間」なのだから、これは人間一人だけなら寝ることはできるものの、布団を敷けばその裾は壁に遮られて捲れてしまう。そこへもう一人転がり込んできたら並んで寝るのは無理で、折り重なるしかない。まあ、愛し合う二人ならばそれも良かろうが、ただ、冬場はともかくとして夏の暑い時期にはムンムンして眠れぬはずである。

このような推測を断定的に言えるのは、自分が三畳間の生活を二回経験しているからである。最初は学生時代の一九六八年（昭和四十三）から一九七〇年（昭和四十五）にかけて一年半ほど千葉県船橋市内のアパートにいたことがあり、その時の三畳の部屋代が四千五百円だった。国鉄総武線の本中山駅にわりと近いところ、部屋は二階にあって、窓を開ければ間近かに電車を眺めることができた。またそれだけに電車が通過する時の音はうるさかった。もう一回は教員になってすぐの一九七二年（昭和四十七）四月からのちょっとの期間、熊本市内の下宿先で経験している。健軍神社の近くで、わりと静かな環境であった。あの頃、「三畳一間」はさほど珍しくなかった。貧乏学生や安月給の勤め人にとって安上がりに住まうことのできる部屋だったのであり、わりと余裕のある者たちは四畳半や六畳の部屋に住んでいた。だが、さて、三畳の部屋に住んで夏場の猛暑の時期をどう過ごしたか。地獄のような熱気だったはずだが、ところが夏場の記憶が意外とぼんやりしている。これはどうも、船橋時代には昼の間働いて夜に大学の二部（夜間部）に通う生活だったので、昼間ほとんど部屋にいなかった。熊本では、猛暑の時期が到来する前に別の広いアパートに、とはいっても六畳一間だったが、移った。そんなわけで暑さの記憶が薄いのであろう。

それにしても、三畳の部屋はしんじつ狭苦しかった！「三畳一間で／よかったら／ついておいでよ／ぼくんちに」だなんて、冗談じゃない。口が裂けても言えなかったなあ……。

（二〇一七・二・十六）

五

歩きながら考える

下村湖人生家（佐賀県神埼市）

本を読むと、色々の世界やものの考え方とじっくり向き合うことができる。だから読書は止められない。別にべったりと本の世界に淫するつもりはないものの、やはり今からもあれやこれや読み続けるだろうな、と思う。
　そして文学作品などを読んで惹かれた場合、作品の舞台となった場所へ行ってみたい、との衝動に駆られることがある。今まで何度そのような趣旨で旅をしてきたことだろうか。いや、そうでなくても、もともと我ながら旅行が好きなのだな、と、最近になって自覚が出て来た。なんだか、近所を散歩するだけでも季節の移り変わりが体感できて、一種「旅気分」になっていることさえある。まして乗り物に乗って出かけると、未知のものや、珍しい風物、興味をそそる事象などに次から次に出会える。止められないな、と思う。生きていること自体が旅をしている状態に思えて

佃の船溜まり（東京都中央区）

しかたがない時さえある。

本を読むのも、ひょっとしたら本の中の世界をバーチャルに旅しているのかも知れない。

山本有三記念館（東京都三鷹市）

命

直かに見る

浅間温泉にて……………老鼠堂機一「咲いてみせ散って見せたる桜かな」

二月下旬から三月上旬へかけて東京へ出かけたついでに、夫婦して五日間ほど長野県へも足を伸ばしてみた。足の向くまま気の向くままの旅であった。まず下り立った松本市では、以前松本を訪れた際に土産品店で知り合った美人女性Aさんと会うこと以外は一切事前に予定を決めていなかった。

松本に着いた翌朝、温泉に浸かりたくなった。そこで、Aさんの働いている土産品店へ立ち寄って挨拶した後、バスに乗って町はずれの浅間温泉へと出かけた。三月に入ったばかりの早春の時季、温泉街はひっそり閑としている。しかし、二人でさまよう内に通りがかりの親切なお婆ちゃんに「仙気の湯」という共同湯を教えてもらうことができて、入浴料は大人二百五十円、これは安い。中は、入浴客も多かった。浸かってみると、ちょうど良い湯加減だった。今夜の酒盛りは楽しいはずだぞとか、明日はどこへ行ってみようかな、などとあれこれ思いながらついつい長湯してしまった。着替えて外へ出ようとしたら、番台のお婆ちゃんが、

「あんた、奥さんを待たせたらいかんよ」

とキツイ顔。外の道路で妻が寒そうに立っており、なんだか若い頃に流行ったフォークソング「神田川」の中の一節、

いつも私が待たされた
洗い髪が芯まで冷えて
小さな石鹸カタカタ鳴った

これみたいな場面であった。いやはや、身を縮めて謝るしかなかった。

共同湯の近くには、旅館や店だけでなく温泉の神様や恵比寿神社、薬師堂があって、落ち着いた雰囲気で、なんとなく土地の歴史を感じさせてくれる。その一画に古びた句碑があった。一つは、

春雨の木下につとふ雫かな　はせを
松に影のこして入ぬ春の月　蔵六

と刻んである。句碑の横にある案内板によると、これは天保年間（一八三〇年〜一八四四年）に松本在の町人・百瀬尚司という者が建立した由である。「春雨の……」の句は一六八八（元禄元年）の作だそうだが、妻が
「はせをって、誰？」

と聞くので、

「え、ほら、芭蕉。松尾芭蕉のことだ」

と教えてやった。もう一句の作者・蔵六だが、「下波田村《しもはたむら》の俳人」と説明してある。芭蕉の門人ででもあったろうか。

あと一つ、すぐ横に、

咲いてみせ散つて見せたる桜かな
老鼠堂機一

と刻んだ句碑もあり、実はこっちの方に惹かれた。「咲いてみせ」るだけでなく「散つて見せ」

るのである。桜の散るさまを儚《はかな》いものとしてでなく、いさぎよいことと捉えており、この詠み方は気が利いているではないか。各地に建てられている文学碑の中には往々にして味気ないものを見受けるが、これなど胸に響いて、湯上がりの旅人を喜ばせてくれた。

案内板によると、老鼠堂機一《ろうそどうきいち》は東京神田の生まれで宝井其角《たからいきかく》の流派だったらしい。一九〇〇年（明治三十三）、門人の立机《りつき》祝いにこちらへ来た時の句だそうで、句碑は一九二一年（大正十）九月に門人たちによって建てられた、とある。近くにある保存木しだれ桜を詠んだ句がこれなのだという。ふんふん、そうか、立机祝いに来た時の句というわけか。つまり、これは俳人が宗匠つまり俳諧の指導者として自立する時の祝いのことである。

「咲いてみせ散つて見せ…」、まだまったく裸木状態の桜の木を眺めてみたり、句碑を見直したり、説明板に見入ったりした後、何度もこの句を口ずさんでみたことであった。しだれ桜が咲く頃に来れば、きっと得も言われぬ風情が味わえるのであろう。長湯した後だったゆえ、長く佇んでいても身体が冷めることはなかった。おかげで、その日の夜は松本市内でAさんと妻とわたしはえらく愉快に呑めた。……いや、ま、これは老鼠堂機一の句とは関係ないか？

それはそれとして、後で調べてみたら、老鼠堂機一は本名を田辺機一といって、一八五六年（安政三）に生まれ、一九三三年（昭和八）に亡くなっているのだそうだ。へーえ、昭和時代まで生きた人なのだ。旅をすると、こうした思いもかけぬことが分かるなあ、と、改めて感じ入っている。

（二〇一〇・三・十八）

「縁故節」と出会う……………………………手塚洋一『山梨の民謡』

　こないだ上京した折り、三月二日、女房と一緒に山梨県まで足を伸ばし、大月市の山間部で禅寺の住職をしている五歳年上の従兄に久しぶりに会った。昼間は従兄の運転であっちこっち連れて行ってもらった。天気が良かった。日陰には残雪が見られ、やや肌寒かったものの、甲府盆地内の空気は実にすがすがしかった。北杜市で清春《きよはる》白樺美術館を見学したり、清光寺という曹洞宗の古刹にも立ち寄るなどしたし、甲府市の美術館や文学館も巡ることができた。ワイナリーに立ち寄ってワインを試飲することもできた。そして夜は従兄の寺で酒を酌み交わし、愉しく過ごした。要するに目一杯愉しめたわけである。

　車であちこち連れて行ってもらうとき、従兄が、

「自分は同好の人たちと一緒にコーラスをしていてその声をＣＤに収めているが、聴いてみるか」

と言う。

「あ、それは、是非」

と頼むと、早速カーステレオで音を出してくれたのだが、流れ出たのが「おどみゃ島原の／おどみゃ島原の…」の節回しである。ほう、山梨の人たちが遠い九州の方の子守唄を合唱するのか。

縁で添うとも
縁で添うとも
柳沢いやだョ
（アリャセー　コリャセー）
女が木をきる　女が木をきる
茅を刈る
ションガイナー
（アリャセー　コリャセー）

ン、しかし歌詞が違うゾ、と首をかしげていたら、従兄が笑みを浮かべて、
「どこかの歌とそっくりだろ？」

と言う。歌詞は「ションガイナー」などと出てきて、しょんが節系統の発想である。たとえ御縁が生じても、あたしゃ柳沢というところへは嫁にはいかないよ、あそこでは女が山の木を伐らされる、きついことばかりやらされる、などと謡っている。しかし、歌詞とは裏腹に、確かに節回しの方は「島原の子守唄」と同じである。そこのところであるが、従兄によれば、

「これは『縁故節』といって山梨県の代表的民謡だ」

そして、九州の有名な「島原の子守唄」はこれに追随しているだけなのだそうだ。実に興味深

い話であった。

甲府市の山梨県立文学館の売店に手塚洋一著『山梨の民謡』（山梨ふるさと文庫）が売ってあったので買い求め、開いてみると、従兄の説くとおりである。「縁故節」は山梨県の峡北地方で歌われていた作業唄「エグエグ節」が元歌だそうで、これが大正末期に韮崎の有志により編曲が施された。編曲の際に陽旋律から陰旋律に変化したためか、「エグエグ節」が作業唄だったのに対して「縁故節」はむしろ盆踊り唄として親しまれ、昭和初年から十年代にはラジオの電波に乗って全国にも広く知られたくらいなのだという。

この「縁故節」の地元の人たちと「島原の子守唄」の作者との間で、どちらが本家であるか論争が行われたことがあるそうだ。「島原の子守唄」は、宮崎康平の作詞・作曲ということで流通している。名著『幻の邪馬台国』（講談社）で知られる人である。宮崎康平自身はこの子守唄を戦時中に作ったと言っていた由である。それを一九五七年（昭和三十二）に森繁久弥が舞台劇「風雪三十年」でうたい、翌年、島倉千代子の声でレコード化されてヒットした……となれば、「縁故節」の方が明らかに早く成立していることになる。山梨県の唄が流れ流れて九州でもうたわれ、島原地方の人たちも聴きなじんでいたのだったろうか。いや、きっとそうであり、だから宮崎康平としてもこれを自分たちの地方の唄として意識するのに不自然さがなかったのだろうと思われる。それで、結果的には「縁故節」の節回しをもとにし、詞だけ独自のものをつけて「島原の子守唄」が誕生したことになるか？

「島原の子守唄」も本家「縁故節」に見習った民謡として存在意義は充分にある。ただ、だからこそ歌詞はともかくとして、少なくとも節回しについては宮崎康平の「著作物」とは言えぬのではなかろうか。民謡はひろく民衆によってうたわれ、誰もが所有するし、だけど誰も専有・独占しない性質のものだからな、と思ったのだった。

（二〇一一・三・二十九）

『生類供養と日本人』を読んだ……………長野浩典『生類供養と日本人』

このところ同じ天気が三日以上続くことがなく、晴れたり降ったり曇ったりの繰りかえしで落ち着かない。黄沙《こうさ》のせいでどんよりしている日もある。こうした日々を過ごすうちに、やがてあちこちで桜も咲くのだろう。

長野浩典著『生類供養と日本人』（弦書房）という本を読んで、とても面白かった。各地に存在する生類供養の墓や塔について研究した本だが、いわゆる「研究書」という感じではない。文章が分かりやすくて、なんだか著者と一緒に供養墓や塔を実際に訪ね歩いている気分であった。本書冒頭に登場する大分市浜町の恵比須神社からして、そそられる。神社境内には萬寿瑞亀之墓《まんじゆずいきのはか》と称するウミガメの墓の他、魚形の手水鉢があったり、拝殿には鯛の絵馬が掛けられているのだという。これはひとつ、実際に見てみたくなった。福岡県のＪＲ羽犬塚駅前の「羽犬」が紹介されているのを見ると、これはいつだったかあの駅に降り立ったときに不思議な気持ちで眺めたことがあるので、あらためて親しみが湧いた。あるいは、東京の靖国神社、あそこは戦争へ行った人間だけが祀られているのかと思いこんでいたが、軍馬・軍犬・軍鳩までもが慰霊の対象とされているそうである。へえ、へえと感心しながら読破したのだった。

なぜまた日本人はこうまで手厚く生類供養を行なうのだろうか。著者は、渡辺京二氏の『逝きし世の面影』（平凡社）の中で幕末の頃の日本人は「人間を他の動物と峻別して、特別に崇高視したり尊重したりすることを知らなかった」、つまり「日本人は未だ、西欧流の〝ヒューマニズム〟を知らなかった」と論じられていることに共感を示す。その頃の日本人は、自分たち人間を他の動物よりもありがたいものとか偉いものとは考えていなかったのである。そこで、著者は、こう述べている。

日本人の古くからの動物観は、「生類」ということばで表現されてきた。そしてヒトもまた、生類の中の第一のものとはいえ、生類のひとつであった。そしてヒトと動物は質的に異なるものではなく、「転生」をくりかえし生まれかわるものであると思われた。さきにあげた「人間を他の動物と峻別して、特別に崇高視したり尊重したりすることを知らなかった」という文章は、まさにそのことを言っている。日本人の動物観の根底には、輪廻転生という仏教的概念が大きく横たわっていることは間違いない。それは、ヒトだけが霊魂（精神）を持ち、神は、ヒトの食用その他の用に供するために、他の動物をつくったとみるキリスト教的人間観・動物観と大きく異なるものであった。であればこそ、幕末明治に日本を訪れた外国人たちは、日本人の動物との接し方に驚きのまなざしを向けたのであった。

言われてみれば、西欧流の人間観・動物観とわれわれ日本人のそれとはこんなにも大きな隔たりがあるわけだ。明治維新以降百四十余年、日本人もかなり西欧の人間中心主義に染まってきているかと思えるが、それでもまだまだ外国人が驚くような動物との接し方を手放していない。この『生類供養と日本人』を読むことは、つまりはわれわれ日本人が何者であるかを考え直す作業でもあるのだ。

ついでながら、草木供養塔は全国に百二十基あるが、そのうち山形県内に百十基集中しており、西日本地方には基本的に見られないそうである。これはまた実に意外であった。

（二〇一五・三・三）

ウミガメの墓へ……………………長野浩典『生類供養と日本人』

先日、幸いなことに長野浩典著『生類供養と日本人』の冒頭に紹介されているウミガメの墓を直かに見ることができた。

三月十三・十四日、家の者の用事につきあって大分市へ出かけたのである。行きがけの道中、遊びすぎた。やや肌寒かったものの、春らしい良い天気であった。大分県竹田市で街を散策し、落ち着いた町並みや史跡に感じ入って時を費やした。長湯温泉へも久しぶりに立ち寄り、炭酸の混じった源泉をペットボトルに汲んだり川の中の露天風呂「ガニ湯」を見物したりして愉しんだ。「ガニ」は蟹のこと。二十四時間いつでも入れるので、よっぽどのんびりと浸かって行きたい気分だったが、さすがに我慢した。一九九四年（平成六）の十一月に一泊して以来の長湯温泉、ほんとに愉しいところである。そんなわけで大分駅前に着いた時にはもう午後五時前になっており、ウミガメの墓を探すのはいったん諦めた。

ところが、家の者の抱えていた用事が遅くまでかかりそうで、そうなるとどうせ大分に宿泊の予定だったし、今回のわたしは付き添い役で行ったのだからいたって気楽である。地図を見たら、ウミガメの墓があるという大分市浜町（正式には住吉町）恵比須神社までは大分駅前から徒歩で二十分余あれば行けそうであった。そんならばやっぱり見に行ってみようか、と気持ちが動いた。ただ、土地の人は、

「浜町に、恵比須神社？」

「聞いたことないわ」

「いやいや、ある。あるけどねえ、だいぶんここから距離がありますよ。大丈夫？」

と首をかしげる。だが、ある五十代の女性は、反応を示した。

「あのあたりは、確か瓜生島《うりゆうじま》があったらしいと言われているはずよ」

とおっしゃる。おお、そうなのである。慶長の大地震で沈んでしまったという、幻の瓜生島。『生類供養と日本人』にも「その瓜生島にあった恵比須神社を、この地に再建したのだという」と書いてある。行ってみよう！

海へ向かって進み、途中、何人かの人に道を訊ねる。誰も恵比須神社のことを知らないので、やや心細くなる。しかし、産業道路という大きな道を左へ折れたら反応が出て来た。犬を連れたお爺ちゃんが、

「ああ、その先から右へ入ってごらん」

と答えてくれて、更に行ったところでは買い物籠をぶら下げたお婆ちゃんが、

「はい、あそこです」

指差してくれた。着いたのである。向かって右手の方はすぐ海である。左手が大分駅方面ということになる。時計を見たら、歩き始めて三十分経っていた。こじんまりした神社だが、境内はきれいに掃き清められている。入って左手に手水鉢があり、鮮やかな彩色の大きな石造のタイが居る。こんな手水鉢、見たことない！　なんだか、疲れも吹っ飛んでしまった。今にもバタバタと動き出しそうな活きの良さである。すっかり嬉しくなって手を洗う。そして神社本殿に参拝し、さてウミガメさんのお墓はどこか。境内をグルグルと探し回ったが、それらしいものが目に入らない。誰かに尋ねたいものの、あいにくまわりに人影がまったくない。で、もう一度神殿の裏手に回ってみて、ようやく一基の墓石に気づくことができた。人の背丈ほどの高さで、「萬壽瑞亀《まんじゅずいき》

之《の》墓《はか》」と刻まれていて、これに間違いない。しかしなあ、お寺ならばとまどいはせぬが、神社にお墓である。それも、ウミガメの墓。高さ一・六メートル、昭和六年建立の墓だという。墓の右に大きなポリバケツがあるのはご愛敬であった。いったい、どういういきさつがあって建てられているのだろう。でも、難しいことは考えぬようにして、ともかく手を合わせる。

あたりがやや薄暗くなってきていた。神社から出て、潮の香りのする方へ出てみたら、そこはもう海だった。瓜生島はここらへんだったのだろうか。満潮で、足元まで波が寄せていて、岸には船が幾艘も繋がれており、漁港なのだろう。この沖は豊後水道で、その向こうは四国か。左の方へ行けば瀬戸内海につながっているわけか。想いはずんずん膨らみ、あたりがだんだん暗くなっていく中で我ながらウキウキしていた。

大分から帰った後で気づいたのだが、『生類供養と日本人』には「萬壽瑞亀之墓」の傍らには「やはり小さな石造りの小さな社がある」と書いてある。これはつまり龍神様なのだそうだが、本に掲載されている写真を見ると、確かに見覚えがある。自分のカメラのデータを見てみたら、ちゃんと自分でも撮影していた。それなのに、あの時、竜神様とは気づかずにただシャッターを押していただけだった。手を合わせることもしなかったので、ああ、なんという迂闊さだ。あのときに『生類供養と日本人』を携帯して行けばよかったのになあ。この次行く時には、忘れずお参りしよう！

（二〇一五・三・二十三）

躍

読み返してみてよかった

『次郎物語』を再読……下村湖人『次郎物語』

梅雨入りして間もない頃、女房が、乳井昌史著『南へと、あくがれる——名作とゆく山河』（弦書房）に読みふけっていた。そして、この本は特に『次郎物語』（新潮文庫）の舞台を訪ねる文章が興味深い、と言い出した。

「どうぞ、ごゆっくりして下さい。畳に寝転がってくれてもいいんですよ」。「次郎の家」とある表札を掲げたくぐり戸を入ると、館長の北川伸幸さんにそう言われた。旅先で土地にゆかりの文化施設はずいぶん見てきたが、こんな風に久しぶりに訪ねた親戚か知り合いの家みたいにして迎えられたことはなかった。

佐賀県神埼市千代田町にある「下村湖人生家」。一人の少年の生い立ちから青年期までの魂の成長を描いた自伝的な小説『次郎物語』の作者、下村湖人の実家であった。一時期、物語にもあるように人手に渡ったこともあるが、保存会が買い戻し、修復を経て公開されている。

乳井氏の本の中で『次郎物語』に触れた一文はこういう書き出しである。うん、確かにあれは良かった。読む者までが実際に現地へ出かけてみたくなる書き方だった。「次郎の家」がどういう雰囲気であるかが伝わってきて、読者までもが親しみを持つのである。

女房は、本棚から『次郎物語』そのものを引っ張り出して読みはじめた。下村湖人の名作か、懐かしいなあ。うん、それならば、と、わたしも三十七、八年ぶりに『次郎物語』を手にとってみたのだった。そうしたら、文庫本で全三巻、全部で一四六二ページにもなる大長編小説だが、たちまち引き込まれた。なんだか初めて読むような新鮮さであった。

主人公の次郎が幼くして乳母のもとに預けられ、後に自分の家に戻るものの祖母に冷たくされ、母親との間も感情的にうまくいかない。そのために彼は屈折した感情で幼少年期を送る、といったことは覚えていた。しかし母親が、死に際、自分に代わって次郎を育ててくれた乳母に向かって、

「あたし、この子にも、お前にも、ほんとうにすまなかったと思うの。」

「まあ、何をおっしゃいます。」

「子供って、ただかわいがってやりさえすればいいのね。」

お浜には、お民の言っている深い意味がわからなかった。しかし気持ちだけはよく通じた。

「あたし、それがこのごろやっとわかって来たような気がするの。だけど、それがわかったころには、もう別れなければならないでしょう。」

「まあ、奥様――」


この「子供って、ただかわいがってやりさえすればいいのね」と言って乳母のお浜や次郎たちに謝る実に感動的なシーンは、恥ずかしながら忘れてしまっていた。今度読み返してみて、作者の考え方の基本点がここにある、と思った。それほどに「子供って、ただかわいがってやりさえすればいいのね」は示唆的である。

あるいは、中学校に入ってから朝倉先生という素晴らしい人との出会いを果たした次郎が、「先生、剣道は何のためにやるんですか」と尋ねる場面がある。

「先生、剣道は何のためにやるんですか。」

「うむ――」

と、先生は、澄んだ眼で、じっと次郎の顔を見つめたあと、いかにも静かな調子で答えた。

「それはみごとに死ぬためさ。」

次郎には、全く思いがけない答えだった。彼は驚いたように、先生を見た。

「むずかしいかな。」

と、先生は、ちょっと首をかしげて、微笑した。


この中の「それはみごとに死ぬためさ」との先生の答え。アッ、これは佐賀藩士・山本常朝の著した『葉隠』（岩波文庫）の思想を喋っているではないか。そうとしか読めない。でも、今だから分かるが、高校生の頃には全く気づけなかった。いや、こういうことは青臭い年齢の頃にはピンとはこないわけで、年を重ねてしか分からないのだろう。読み返してみてよかったなあ、と痛感した。

六月十九日には、まだ途中までしか読み終えていなかったのに、雨の中を車で二時間余かけて下村湖人の生家へと行ってみた。作品の舞台を自分たちでもぜひ見てみたかったのである。佐賀県神埼市千代田町、広々とした平野の一画、クリークのほとりの大きな木造二階建て。明治時代初期の建物で、神埼市重要文化財に指定され、また佐賀県遺産にも認定されているという。中へ入ると、外の雨の音が遠のく。女房とわたしだけが見学者で、案内の人は実に丁寧に説明してくださるし、ゆっくり過ごすことができた。まさに乳井氏が『南へと、あくがれる――名作とゆく山河』の中で書いているとおりの雰囲気であった。

その後、古代遺跡吉野ヶ里へも立ち寄って、予定ではもう帰るつもりだったが、欲が出てきた。福岡県小郡市の野田宇太郎文学資料館がわりと近いと分かって、訪ねてみたのである。野田氏は昭和十年代から五十年代にかけて詩人・文芸評論家として活躍した人で、「文学散歩」という分野を確立した人でもある。文学資料館の専門員Yさんがたいへん熱心だし親切な方で、色々くわしく説明したり資料を見せてくださった。そして、なんとまあ『次郎物語』の初版本を見ることができた。これは一九四一年（昭和十六）二月に小山書店から刊行されており、長い小説の中の「第一部」ということになるが、その折り原稿のすばらしさに注目して一冊にしてあげた編集者が他ならぬ野田宇太郎氏だったのだという。野田氏は、一九四〇年（昭和十五）からの三年間は小山書店に在籍し、この『次郎物語』の他にも岩下俊作『富島松五郎伝』（映画化された時の題名は「無法松の一生」）等たくさんの本や雑誌を編集したのだという。そのように図らずも貴重なものに出会えて、下村湖人と野田氏との結びつきをも知ることができたのであった。

『次郎物語』は、一昨日、全三冊読了した。最後の第五部は、日本が戦争へ突き進む中、言論の自由が圧迫される、次郎には恋の悩みも重くのしかかる、さてどうなるかというところまでである。だがこの第五部刊行の翌年の一九五五年（昭和三十）、作者は老衰により七十一歳で亡くなっている。下村湖人はさぞかしもっと生きていたかったろう。

（二〇一一・六・二十八）

「水竹居文集」を読んだ……………………………赤星陸治『水竹居文集』

最近、赤星陸治《あかほしりくじ》の『水竹居文集』（文藝春秋企画出版部）という本をおもしろく読んだ。

この人は一八七四年（明治七）、八代郡鏡町（現在の八代市鏡町）の下山家に生まれ、後に隣の文政村——これも今は八代市となっているのだが——赤星家の養子となる。東京帝国大学を卒業した後、三菱財閥に入り、三十七歳で岩手県の小岩井農場長として赴任する。一九一一年（明治四十四）に東京へ戻ってからは三菱地所の仕事をし、丸ノ内ビルを造ったのはこの赤星陸治である。そのように実業界で力を発揮する一方では自らを「水竹居《すいちくきょ》」と名のって俳句を詠み、文も綴った。

あひ年の先生持ちて老の春

という句の「先生」は、高浜虚子のことである。ちなみに虚子らの雑誌「ホトトギス」の編集事務所は丸ノ内ビルにあった。陸治は同じ年の虚子を尊敬し、虚子は虚子で陸治を大切な俳友として畏敬したのだそうだ。

松の間に多摩川見えて涼しけれ
どの家も海水着干す葉山哉
風鈴の鳴らねば淋し鳴れば憂し
そのかみの馬のひゝ子や牧の秋
落葉焚く煙の中や花八ッ手
峯二つ乳房のごとし冬の空
茶の花に嵐のあとのまざまざと

陸治はこのように味のある句をずいぶん遺した。一九三三年（昭和八）に妻の寿恵が死去するが、

風鈴の鳴らねば淋し鳴れば憂し

これは妻を追慕する想いの溢れた句であり、陸治の代表作と言って良い。翌年には、その妻の供養のためにふるさと八代市鏡町に観音堂を建てて、周囲には牡丹を植えた。その折りには、

汝が為に牡丹観音誓願成

と句を詠んでいる。陸治自身は、一九四二年（昭和十七）、六十八歳で亡くなっている。
『水竹居文集』には小岩井農場や丸ノ内ビルの話、俳句のことなどがいっぱい綴られているが、その中でも故郷の話に特に惹かれた。

小さい頃、陸治の家の前に大きな竹藪が茂り、横には稲荷堂があって、その藪やお堂の床下には狐がたくさん穴を掘って棲んでいたという。ある若い衆が女をかどわかしてあちこち連れ回したが、どこかに泊まって目を覚ますと、なんと肥溜めに寝ていた。実はこれは狐に化かされていたのであった。あるいは、ある夜の遅い時間、ある家で何者かがコツコツと戸を叩く。出てみると、誰もいないので、そんなときにはいつも、ああ、きっとお稲荷さんが来たんだよ、と言っていた等々、狐はなにかと話題にされた。村人たちは狐を畏れて、稲荷堂に握り飯や揚豆腐をあげていたし、初午の日などにはお堂の前で相撲をとったり芝居をしてお祭りをしたのだという。赤星自身、狐火など度々見ていたというから、明治十年代の日本の村はまだこのように人間と動物とが心通わせる小宇宙をなしていたのだな、とため息が出てしまう。

さてまた、陸治の育った村には実に剽軽なお医者さんがいた。この人は、ある年のお正月に、顔を鍋墨で汚して、ぼろを着て、ムシロをかぶり、つまり乞食に身をやつして村中を廻った。皆は、乞食にお餅をくれたり、お茶を飲ませてやったりしたが、後になってあれは実はお医者さまが乞食になりすましていたのだったと判明し、みんなで大笑いしたのだという。翌年、村はえらく不景気であった。するとそのお医者さんは奥さんと謀《はか》って大きな荷車と牛をどこからか借りてきた。家の書生を牛曳き係りにし、自分と奥さんは三月の内裏様に変装して荷車の上に乗った。そのような恰好で村中を練って廻り、荷車の上では天皇様の真似をしたりして村人たちを大いに笑わせ、元気づけたのだという。

狐の話といいお医者さんのエピソードといい、なんと人間味あふれる世界であることか。赤星陸治は、故郷のこうした話を愛情深く大切に書き記している。この人の心の大きさ広さが分かるなあ、と感動したのだった。

（二〇一一・八・十六）

うどん・ナマズ・花袋……………………………田山花袋『田舎教師』

東京へ出たついでに、四月十八日、群馬県の館林市にも足を伸ばした。

朝ゆっくり起きたので、動き始めた時には午前十時を過ぎており、だから地下鉄で浅草まで出て、そこから東武線に乗り換えてゴトゴト揺られて館林駅に着いた時には、もう午後一時二十分であった。天気も悪くなくて、春空の下、散策するにはもってこいの日であった。

ここらはうどん屋が多い。五年前の二〇〇八年（平成二十）に来た時には、分福茶釜伝説で知られる茂林寺を観た後、寺から市の中心部へ歩いていく途中の古風な店で食べた。その折り、うどん麺のおいしさにビックリしたことが忘れられない。今一度その店へ行きたいが、女房も一緒であり、わたしも充分に空腹だったので、すぐに食べたかった。だから無理をせず、館林駅から歩いて十分程のところにあるうどん屋で我慢することにした。そこは新しい造りの店なのでさして期待もせずに出てきたうどんを口にしたところ、いやいや、予想に反して麺に程良くコシと味があるし、ツユも口によくなじむ。わざわざ電車に乗ってやって来た甲斐があったのである。とにかくその日は、うどんを食べたくて出かけたのであった。館林に限らず、関東平野の奥の方は小麦がよくとれるのだそうで、だからうどんもうまい。

わたしがツルツルとうどんを啜っていたら、女房が「天ぷらもおいしい」と言った。それでそちらも口に入れてみると、ほんとに眼が覚めるような食感だ。うどんのおかずみたいにして膳に置かれた一皿なのだが、コゴミ（草蘇鉄の若芽）やタラの芽や蕗の薹が揚げて盛りつけてある。その揚げ方が実にパリッと気持ちいい感じに仕上がっており、うどん以上に愉しめる。

天ぷらの中に一つだけ、サッパリした味わいでありながらモッコリとした感触のものがあった。実はこれはナマズだった。そう言えば、四年前（二〇〇七年）に田山花袋の小説『田舎教師』（新潮文庫）の舞台を見てみたくて館林の近く羽生市《はにゅうし》へ行ってみた時、土地の人が、

「川魚では、ナマズを今でも食べますなあ」

と語ってくれたのを思い出す。そう、ナマズはうまいものなのだ。小さい頃、川でナマズを捕らえて家に帰ると祖母がきまって蒲焼きにしてくれていたが、ウナギに劣らぬ味でいつもすごく嬉しかった。成人してからは素焼きにしたのが味噌汁に入れてあるのを食ったこともあり、クセのない良い味だった。あれから数十年、今ではふるさと球磨川流域でもナマズを食膳に載せるな

どとはさっぱり聞かなくなってしまったが、しかしここらではまだ普通に食べられている。感心した。

昼食を終えたら二人とも元気が出た。春らしい陽気の下、城沼《じょうぬま》と呼ばれる細長い沼地まで三十分ほどかけてテクテク歩いた。城沼は、かつて館林城を守る堀として機能していたのだそうである。あちこちで躑躅《つつじ》が花盛りだ。渡し船も見える。五年前に若山牧水の足跡を調べるため同じ群馬県の草津温泉や猿ヶ京などを一人で巡った折り、ついでにここを訪れた時には、ちょうど梅雨季で、ここらは菖蒲が美しかった。あの時は沼のほとりが公園になっているので休憩した後、田山花袋記念文学館を見学したし、近くの花袋の生家も覗いてみたのだった。もともとは近隣の城《しろ》町《まち》にあったのだが、一九八一年（昭和五十六）にここへ移築されたのだという。田山家は士族だったのだが、屋敷はいたってこじんまりした平屋で、「質素」という他はない。そんなことをふり返ったりしながら、城沼から館林駅まで戻る時にも気ままに歩いて、途中の老舗菓子店では五家宝を買った。五家宝はだいたいは埼玉県熊谷市あたりの名物だろうと思うが、館林でも作るのだという。試食してみて、とてもおいしかった。

五家宝を囓りながら、ナマズの天ぷらのことがなぜか頭に浮かんだ。田山花袋もこの館林の育ちだから、やはりナマズを食っていたのだろうか。ただ、『田舎教師』にはうどん屋も出てくるしドジョウやフナ等の川魚を商う男も登場するが、さて、ナマズまでも売っていただろうかな。旅行から帰ったら本をめくって確かめてみようかな、あれは高校時代に文庫本で読んで、とても興味深かった小説だ。自分は『田舎教師』で読書の愉しさを知ったんだもんなあ、などと、とりとめもなく考えるのだった。

（二〇一三・五・七）

はじめての佃……………………吉本隆明「佃渡しで」

学生時代、アルバイト先のシチュー料理店・銀之塔のお使いでよく銀座から築地市場の研屋《とぎや》さんへ行っていたものである。店で使う種々の包丁を研いでもらうためで、一度に何本も持って行っていた。また、ある時、友人たちと共に徒歩で築地の先の勝鬨橋《かちどきばし》を渡り、月島も通り越して夢の島（現在の江東区夢の島一丁目から三丁目あたり）まで第五福竜丸を見に行ったこともある。あの頃の夢の島は一大ゴミ捨て場で、おびただしいゴミが積まれ、あちこちで自然発火していた。凄い悪臭が漂っていて、一週間は体にしみついた臭いがとれなかったなあ、という具合にあのあたりは思い出深い一帯だが、月島の中の佃界隈へはなぜか今まで縁がなかった。

それで、東京へ出かけたついでに、四月十九日、はじめて行ってみた。

地下鉄有楽町線の月島駅で下りて、佃一丁目へと歩く。漁師町の特徴ともいうべき細い路地を挟んで、ぎっしりと民家が建ち並ぶ。路地の向こうの方に水面が見えて、佃の船溜まりである。隅田川につながっていながら水は澄んでおり、水辺の船宿には藤の花房が美しい。向こうの方には高層ビルがずらりと見えて、ここらはビル街にとり囲まれているかのような印象である。しかも、たいへん静かだ。一軒の家の玄関脇に手押しポンプを見かけたが、たぶん軒先を掃除したり盆栽に水をかけてやるのに使われているのだろう。なんだか、遠い昔へタイムスリップした気分であった。狭い路地にふらりと入ってみると、地蔵様が祀られていた。写真を撮っていたら、土地の人が二人、入れ替わりにお参りにきた。

船溜まりに沿って、住吉神社に行き当たった。境内の案内板によれば、ここは「江戸初期に摂津国西成郡（大阪市）佃村の漁民が江戸に移住した後、正保二年（一六四六）に現在地に創建された佃島の鎮守です」とあり、それならばと、佃訪問のご挨拶の気分で参拝する。社務所には人がいない。小さな達磨さんとお神籤《みくじ》がセットでビニール袋に入れられて、二百円。お代は料金箱に落としてやればいいのである。娘や女房の分もと三つ買ったのだが、わたしの後に訪れた二人のご婦人も、

「あら、かわいいわね」

とコインを料金箱に入れた。

「いや、ホントですよね」

見知らぬ同士でお神籤を褒め合うこととなった。

あまり広くない佃一丁目だが、一般の民家の他に稲荷神社や地蔵堂があり、銭湯、塗箸専門店もある。佃煮屋だけでも三軒あって、これはさすが本場なのである。隅田川に面した側には住吉水門があり、その傍が佃の渡船場跡だ。この界隈出身で最近亡くなった吉本隆明に、「佃渡しで」

（勁草書房刊『吉本隆明全著作集1』所収）という題の良い詩があったのを思い出す。佃渡しのあたりを、娘を連れて歩きながら感慨にふけるという設定の、結構長い詩だ。その長い詩の中で、

水に囲まれた生活というのは
いつでもちよつとした砦のような感じで
夢のなかで掘割はいつもあらわれる
橋という橋は何のためにあつたか？
少年が欄干に手をかけ身をのりだして
悲しみがあれば流すためにあつた

この部分が特に好きだ。「砦のような感じ」というのが、わたしも球磨川河口の三角州内に住んでいるから共感する。そのすぐ後も好ましい。

〈あれが住吉神社だ
佃祭りをやるところだ
あれが小学校　ちいさいだろう〉
これからさきは娘に云えぬ

昔の街はちいさくみえる
掌のひらの感情と頭脳と生命の線のあいだの窪みにはいつて
しまうように
すべての距離がちいさくみえる
すべての思想とおなじように
あの昔遠かつた距離がちぢまつてみえる
わたしが生きてきた道を
娘の手をとり　いま氷雨にぬれながら
いつさんに通りすぎる

特に「これからさきは娘に云えぬ」、これは実際に親となってみないと実感が伝わってこないフレーズだなあ、と思う。

それから、渡船場跡の近くには劇作家・北条秀司の句、

雪降れば佃は古き江戸の島

を刻んだ石碑があって、なるほど、冬、雪がちらつく時にはまた格別の風情が漂うことだろう

なあ、と思った。個人的には、銀之塔に働きに行く前には雪華社という小さな出版社に一年三ヶ月ほど勤めていて、その頃、北条氏のエッセイ集『京の日』『炉ばたの話』がその雪華社から出ていた。だから会社の用事で何度かお会いしたことがある。いつも、新橋演舞場にいらっしたので、そこでお会いしていたなあ、と記憶が甦り、懐かしかった。

昼飯は、小さな、品のいい店で食った。定食が出てくるまでの暇つぶしに水槽に飼われている目高を写真に撮っていたら、店の女将が料理を作りながら、

「さっきも神社で撮ってらっしゃいましたね」

と声をかけてくれた。おやおや、それではこの美人女将に見られていたのか。なんとなく嬉しかった。佃の雰囲気にしっとりと似合う人であった。

（二〇一三・五・十四）

奥付を見ながら……………………………………三上慶子『月明学校』

本棚は、たまには整理すべきである。

そんな殊勝な気持ちが湧いて、梅雨入り直前のある日、外は少々湿っぽい。どうせ出かけるには天気も良くないから、ということで踏ん切りをつけて本棚の前に立った。そうしたら、石井桃子『ノンちゃん雲に乗る』（昭和二十六年四月、光文社）、三上慶子『月明学校』（昭和二十六年八月、目黒書店）を手にしていて、ふと気がついた。二冊とも奥付《おくづけ》の下部に著者名や版元名・住所等が

刷り込んであるのは当然のことであるが、その上のところに検印紙が貼られている。『月明学校』は熊本県球磨郡上村（現在、あさぎり町）での分校教育の様子を綴ってベストセラーとなった本で、題字は志賀直哉が揮毫しているというのに、肝腎の著者名が入っていない。紙も、劣化しやすい酸性紙である。敗戦後の日本にはこういうふうな安直な本作りが横行していたのだろうか。ところが、そういう粗雑な造り方にもかかわらず、ちゃんと検印がなされている。そう、昔の本は検印が捺されていたんだったよな。なんだか懐かしい。

かつて、出版社は著者に刊行部数分の検印紙を持って行き、すべてに印鑑を捺してもらっていた。そしてそれを奥付の印紙欄に貼りつけておけば、著者の承諾のもとに本を発行・販売することの証明となっていた。書籍の発行者が著作物の使用料として著者に支払う金銭のことは「印税」と呼ばれるが、あれはこの印紙を貼っていた名残りで、つまりは「印紙税」の略なのだった。

青木茂『小説・三太物語』（昭和三十年三月、第五版。光文社）、島尾敏雄『夢の中での日常』（昭和三十一年九月、現代社）、室生犀星『好色』（昭和三十七年、筑摩書房）、この昭和三十年代刊行の三冊にも検印紙がある。『三太物語』は、初版は一九五一年（昭和二十六）刊。NHKラジオで連続放送されて話題となった物語である。しかし、彌生書房刊行の本が二冊並んでいたから見てみたら、一九五七年（昭和三十二）二月刊行の耕治人『詩人・千家元麿』の奥付には「著者との了解により／検印を廃止します」と刷り込まれている。そしてその二年後に同書房から出た久保田義夫『黄色い蝶の降る日に』になると、検印省略の断り書きすらない。この出版社は早い時期に検印廃止を行なったのではなかろうか。廃止する理由は、ズバリ、煩雑を避けるためであったろう。検印紙を用意する、著者にいちいち捺印してもらう、それを発行した本のすべての奥付に貼り付ける、この手間ひまは馬鹿にできないものであったからだ。

昭和四十年代の本を見ると、小林秀雄の『藝術随想』（昭和四十一年十二月、新潮社）には検印の捺されるべき箇所にただ「新潮」と刷り込まれているだけである。しかし、小川国夫『アポロンの島』（昭和四十二年七月、審美社）、これは著者の自費出版本がにわかに世の注目を集めたために改めて審美社から刊行されたのだが、ちゃんと検印紙がついている。思えば、あの頃は検印の習慣を守るところと、著者との了解により検印を廃止するところ、あるいは了解すら全くとらない出版社も多く出ていた時期ではなかったろうか。わたしは一九六七年（昭和四十二）の冬から一九六九年（昭和四十四）一月まで雪華社という小出版社に勤めて編集の手伝いをした経験があるが、そこが出していた名著シリーズの中の一冊で倉田百三『出家とその弟子』（昭和四十二年九月、再版）の奥付は彌生書房のそれと同じ文言で検印を省略してある。一方で、同じ雪華社の名著シリーズで出されていた三木清『人生論ノート』『哲学ノート』『読書と人生』、この三冊はよく売れていて、しかも検印の習慣が保たれていた。増刷の度に三木清の遺族の家に検印紙を持参してお邪魔し、印鑑を捺してもらっていた。

その印鑑であるが、わが家の蔵書整理で見た限りではたいていの著者が出来合いのものを用いている。しかし、室生犀星の『二面の人』（昭和三十五年、雪華社）に使われているのは手彫りの小さな印鑑である。同じく犀星の『好色』（筑摩書房）、これにはやや大きめで味わいのある篆刻《てんこく》印が捺されている。犀星は時と場合によって印鑑を使い分けていたのだったろうが、趣味人だったのかなあ。他の著作家のも、詳しく見てみれば色んな傾向があるかも知れない、……などと、奥付を見ていてしばらく時間を忘れてしまった。

（二〇一四・六・六）

『月明学校』と狗留孫渓谷……三上慶子『月明学校』

最近、同郷出身で現在は東京に住む友人が電話してきて、

「あんたのコラムに出てきた『月明学校』って、どういう本？」

と電話で訊く。同じ球磨・人吉地方で育ち、しかも若い頃から結構本好きだったはずなのに、今まで知らなかったらしい。

熊本県球磨郡上村（現在、あさぎり町）の南側に白髪岳という標高一四一六メートルの山がある。人吉盆地の側からその白髪岳の右肩部分にあたる温迫峠《ぬくみさことうげ》（標高九二五メートル）を越えれば、その向こうには川内川《せんだいがわ》の水源地をなす狗留孫《くるそん》渓谷である。この渓谷をずっと下って宮崎県との境目近くまで行くと、かつて八ケ峰《はちがみね》という集落があったのだが、その集落に、一九四五年（昭和二十）四月、東京から作家・三上秀吉《みかみひできち》氏とその娘・慶子さんが疎開してくる。そして土地の人たちから頼まれて分教場で子どもたちに勉強を教える。父親の秀吉氏は、大正時代にも一度この渓谷で教

師を務めたことがあり、東京へ出て作家生活に入って以後も、地元の人たちとずっと繋がりがあったそうだ。父娘は、第二次世界大戦の後期、村に住むかつての知り合いたちから請われて、やってきたのであった。戦火から逃れるのにも好都合であった。

この父娘によって営まれた分教場が、戦争が終わってからは上村小学校・中学校八ヶ峰分校として正式に認可され、父娘は一九五三年（昭和二十八）まで熱心に分校教育に励む。二人の努力は高く評価され、「月明学校《げつめい》」との愛称まで生まれた。皇太子（現在の上皇）の家庭教師を務めていたヴァイニング夫人が興味を示し、一九五〇年（昭和二十五）の十月二十三日にわざわざ分校まで訪ねてきたこともある。一九五一年（昭和二十六）には父娘の一所懸命の分校教育が高く評価され、西日本新聞文化賞が授与された。その間の学校生活や山村の様子を慶子さんが綴り、一冊にまとめたのが『月明学校』（昭和二十六年、目黒書店刊）である。安井曾太郎が装幀し、題字は志賀直哉であった。この本はベストセラーとなる。ちょうど同じ年には東北地方の無着成恭氏の『山びこ学校』（青銅社）が刊行されて話題を呼んだので、両書はいわゆる「学校もの」ブームのさきがけとなった。現在、『山びこ学校』は岩波文庫で読むことができるが、『月明学校』は絶版になったままである。

『月明学校』の中で、三上父娘は字の読めない子、算数のちっともできない子、礼儀を知らない子たちに苦労する。戦争が終わると、谷間の村にも頽廃的なやくざ踊りが流行し、子どもたちが真似をするので、どうにかしてそのような風潮に染まらぬようにしたいと父娘で奮闘努力する。

生徒の親に武家の口調で喋る父親がいたり、家庭訪問すると茶菓子の代わりに虎杖《いたどり》の煮付けが出てきたりして、都会育ちの慶子さんをとまどわせる。一方で、生徒達を人吉市まで修学旅行で連れて行った時のこと、生徒たちは歩いて峠の頂上まで辿りつくと、上村小中学校の本校の建物を眼下に見て興奮し、どんどん坂を駆け下りる。上と下とで、ホウー、ホウーと鳥のように互いに呼び交わす、……といった生き生きした様子が活写されている。民俗学者の宮本常一は『私の日本地図11阿蘇・球磨』（未来社）の中で「三上慶子さんの『月明学校』は何回読んでも心のあたたまる本だ」と評している。

三上父娘は、一九五四年（昭和二十九）に東京へ戻る。秀吉氏は一九七〇年（昭和四十五）、逝去。一方、はじめ「三上慶子」、後には「龍田慶子」という名で作家としても能楽評論家としても活躍した慶子さんは、二〇〇六年（平成十八）に亡くなる。

狗留孫渓谷は、かつては林業にたずさわる人たちがたくさん住んで森林軌道もあった。軌道は、本線と支線と合わせて約三十キロに達していたという。だが、やがて鉄路が剥がされ、運搬にはトラックが使われはじめる。人家が減り、分校も一九六九年（昭和四十四）の春に閉校となる。まったくの無人境と化して久しい。とはいっても、昼間、働く人たちの姿は見ることができる。山仕事をする人たちは宮崎県えびの市方面に住み、そこから車で通ってくる。つまり、森林軌道がなくなり、道路が整備されて、山の中にも車社会が到来して便利になった。だから、渓谷の中に無理して住まなくても済むようになったのである。分校訪問の際にヴァイニング夫人が手植えしたという欅の木が健在だが、かつて校庭だったところに立派な巨木となってそびえているものの、まわりの木々も大きいのでちっとも目立たなくなってしまっている。またそれを見ようとしても、山主さんの管理が厳しくて、なかなか立ち入ることができない。——電話で、ざっとそのようなことを伝えてあげた。友人は、『月明学校』のこと以前に、狗留孫渓谷というのがあさぎり町に存在することすら、

「白髪岳の向こうの方の谷か。エッ、温迫峠を越えた先の方、そんなところまで熊本県なのか。へーえ、初耳だったなあ」

と言った。球磨人吉地方に育った人間であっても、あそこはほんとによく知られていない一帯なのである。

「ほれ、ぼくが、高校二年の時、昭和三十九年に修学旅行をサボっただろう?」

とわたしが言うと、

「うん、覚えとる」

そこで友人に打ち明け話をしたのである。

「あれはな、『月明学校』の谷に行ってみたかもんだから、修学旅行の積立金を取り崩したわけよ」

「うん?」

「その金で、リュックや登山靴を買うて」

「エッ、また、わざわざ……」

「それで、夏休みに、山越えして学校を訪ねてみた」

「そんなことをしたとか」

「ぼくだけじゃなか。四人で山を登った」

一九六四年（昭和三十九）の夏、われわれ同級生四人は上村の方から歩いて白髪岳まで登ったものの、八ヶ峰へ下りて行く道が分からなかったので一旦引き返し、麓に野宿した。翌日諦めきれず、また山の右肩の温迫峠を越えて、十時間かけて月明学校こと八ヶ峰分校までようやくたどり着いたのだったなあ。なんだか、また『月明学校』を読み返したくなった。


（二〇一四・七・二十九）

森

来てみたかった

三鷹駅前散歩 …………………… 山本有三『路傍の石』

東京に一週間ほど行って、用を済ませたり遊んだりしてきた。そのうち九月十五日は曇っていて雨でも降りそうな気配だったが、急に思いついて電車に乗り、JR中央線の三鷹駅で下りた。そして、駅近くを散策してみた。

駅のすぐ横を玉川上水が流れており、作家・太宰治が一九四八年（昭和二十三）に山崎富栄と共に身を投げたとされる場所まで歩いて十分もかからなかった。このあたりは早春の頃にも来たのだが、水量がえらく少ない。しかも以前の方が上水を覆う木々はまだ冬枯れ状態で、いかにも太宰の悲劇を偲ぶのに格好の暗さがあったよなあ、などと思った。それはともかく、上水の縁に立って目を凝らすと、木々の茂りの下に鯉がたくさん蠢《うごめ》くのが見えた。これは春に来た時には気づかなかったなあ、と思う。緋鯉も結構混じっており、どうも市民の目を楽しませるために放流してあるのだろうか。

すぐ近くの三鷹市山本有三記念館にも入ってみた。この作家の名作『路傍の石』（新潮文庫）を高校生の頃に愛読したので、太宰同様に親しみを感じる。でもまあ、立派な記念館である。山本有三が一九三六年（昭和十一）から一九四六年（昭和二十一）まで住んでいた屋敷を記念館にしてあるのだそうだが、しゃれた二階建ての洋風建築である。大正末期に商社員が建てたものを山本有三が購入し、住んだのだという。大正ロマンの雰囲気が感じられ、惚れぼれするくらいに品のいい建物である。表庭も裏庭も広くて、裏庭の池のほとりで休憩したらとても心地よかった。『路傍の石』の作者って裕福だったのだ、栃木県方面の田舎で、家が没落して貧困にあえぐ中、愛川吾一少年がしっかりと成長を果たしていく過程を描いた名作『路傍の石』、あの作品の印象からすればだいぶん違うなあ、借家住まいをしていた太宰治と比べて大変な違いだ、と感じ入った。

太宰治文学サロンも、三鷹駅からすぐのところにある。太宰がよく通ったという伊勢元酒店の跡地にあって、写真や著書等が展示されている。そこへ立ち寄ると、「みたか観光ガイド協会」の増田純子という人が太宰治のお墓まで十分ほどだから連れて行ってあげよう、とおっしゃった。案内しながら、太宰の行きつけだった鮨屋跡等を二、三カ所教えてくれたり、太宰作品についていろいろと語って下さって、「案内人」どころか立派に「研究家」である。

そして太宰治の墓であるが、禅林寺という古刹の中にある。山門を潜ると、大きな銀杏の木が聳えている。雰囲気の良い寺である。墓に近づくと、なんとその真ん前は森林太郎つまり鷗外の墓ではないか。鷗外の墓は島根県津和野町の永明寺にあって「森林太郎」と本名が刻まれているが、もう一基ここにもあるわけだ。増田さんの話では、これはもと東京の向島の弘福寺にあったが、一九二三年（大正十二）の関東大震災で被災した。それで、一九二七年（昭和二）になってこの禅林寺に改葬されたのだという。墓碑銘は、津和野の墓と同様、「森林太郎」の本名である。太宰治は禅林寺に鷗外の墓があるということを知っていたらしい。それで、遺族が故人の気持ちを思いやってここに埋葬したということらしい。ただ、太宰治の方にはいつも人が来るし、まして六月十九日の桜桃忌にはファンや関係者がたくさん集まるが、文豪・森鷗外の墓を訪ねるファンは滅多にいないのだそうである。「高瀬舟」「山椒大夫」「阿部一族」等の名作を遺していながら実はあまり人気がないのだろうか、と、なんだか鷗外がかわいそうであった。太宰・鷗外両方の墓に手を合わせた。

三鷹駅前で増田さんと別れる時、武蔵境方面へ線路伝いにちょっと歩くなら太宰の好んだ跨線橋があって、当時の面影が濃厚だ、と教えられた。そこで行ってみたら、確かに古びた鉄骨が戦後間もない頃の雰囲気を漂わせていた。階段を上り、橋の上へ行く。流れる汗が気持ちいい。中央線の電車が走るのを眺め下ろしながら、しばらく体を休めた。とにかくこの跨線橋は古びてはいるが、まだまだしっかりしている。太宰はどんな顔して橋から町を眺めていたのだろうか。

幸いなことに、雨の降りだす前には散策は終わった。充実感のある疲れだった。

みたか観光ガイド協会の増田純子さんに案内してもらったおかげで、いろいろ知ることができたのである。ありがたいことであった。


（二〇一〇・九・二八）

「怨歌」の終焉……………………藤圭子「圭子の夢は夜ひらく」

暦の上では秋が来ているのだそうだが、冗談ではない、毎日暑くてならない。

それはさておき、歌手の藤圭子が八月二十二日に東京都新宿区西新宿のマンション十三階から転落死した、というニュースには驚いた。マスコミの報道や娘の宇多田ヒカルのコメント等によれば、どうも長いこと心の病いが続いていたらしい。

感情を表に出さぬ顔つきやサビの利いた低音が最も強くファンを惹きつけたのは、一九七〇年（昭和四十五）の「圭子の夢は夜ひらく」ではなかったろうか。当時、わたしなどは夜間大学生であった。あの頃は、この歌の他にも「時には母のない子のように／だまって海を見つめていたい…」（カルメン・マキ「時には母のない子のように」）や「うまれた時が悪いのか／それとも俺が悪いのか」（ブルーベル・シンガーズ「昭和ブルース」）等、日本社会の繁栄ぶりに背を向けるタイプの歌が流行って、よく好んで口ずさんだものであった。

インターネットのフリー百科事典「ウィキペディア」を覗いてみて初めて知ったことだが、「夢は夜ひらく」には実は原曲があり、もともとは東京の練馬少年鑑別所でうたわれていた。それを作曲家の曽根幸明が採譜し、補作してから世に出ることとなったのだという。園まりがこの歌をうたったのが一九六六年（昭和四十一）で、中村泰士・富田清吾両人によって作られた詞は、

雨がふるから逢えないの
来ないあなたは憎い人
濡れてみたいわ二人なら
夢は夜ひらく

こんな調子である。女の側から好きな男へのちょっぴりすねた気持ちを表明して呼びかける「愛の演歌」であり、冗談気味に「艶歌」と言ってもかまわないだろう。園まりの色気ある顔つきと甘ったるい声が歌にマッチして、それなりにヒットした。他にもバーブ佐竹、三上寛、梶芽衣子等がこの歌をうたった。だが、やはり一九七〇年（昭和四十五）になって出た石坂まさをの詞による「圭子の夢は夜ひらく」が段違いに良いのではなかろうか。

紅く咲くのはけしの花

白く咲くのは百合の花
どう咲きゃいいのさ
この私
夢は夜ひらく

藤圭子が無表情にハスキーな声でうたうと、これはもはや「演歌」ではなくなっていた。世の中の不幸を一身に引き受けて絞り出す怨み節、そう、「怨歌」とでも表記すべき凄みがあったのである。

ただ、藤圭子も近年は宇多田ヒカルの母親として知られる程度であった。昭和から平成へと時が流れていくうちに、「怨歌」というものの存在感はいつしか薄れてしまっていた。精神的な病いも相当苦しかったろうが、こうした世の中の移りゆきを感じつつ生きるのもつらかったろう。

ともあれ、一九六九年（昭和四十四）、十八歳の時に、

私が男になれたなら
私は女を捨てないわ
ネオンぐらしの蝶々には
やさしい言葉がしみたのさ

バカだなバカだな
だまされちゃって
夜が冷たい　新宿の女

この「新宿の女」で世に現れた歌手が、「女のブルース」「圭子の夢は夜ひらく」等でファンを魅了した。しかし、やがてうたわなくなり、他ならぬ新宿で命を断った。新宿五丁目の芸能浅間神社には、「圭子の夢は夜ひらく」の歌碑もある。ここは、実は、唐十郎の「紅テント」等の野外演劇で知られる花園神社の広い境内の一画である。春に東京へ行った折り、たまたまあのあたりを気ままに歩いていて歌碑を見つけたのだが、富士山信仰の神社にふさわしく、溶岩のような石を積んだ上に鎮座している。一九九九年（平成十一）、この歌の作詞者・石坂まさをの作詞家生活三十周年を記念して建てられたのだという。祠と歌碑を取り巻くようにして玉垣（奉納板）が並ぶ。一万円を納めれば二年間掲出してくれるのだそうだ。著名な歌手や俳優やタレントの名がずらりと並ぶから、やはり芸能関係の参拝者が多いのだ。このちょっと先、新宿六丁目つまり東大久保方面には西向天神社というのがあって、そこにはデビュー曲「新宿の女」を記念した歌碑が建てられている、という話も聞いたことがある。

こうしたことも思い合わせながら、藤圭子は新宿の猥雑さが似合うひとだったようだな、と、今、そんな気がしてきた。

（二〇一三・八・三十）

「森の家」跡を探した……………………………………………………………………高群逸枝『火の国の女の日記(下)』

十日間ほどあちこちを旅行してきた。

八月二十六日、曇り。朝から熊本を発ち、昼前に羽田空港に着いたが、まず妻と一緒に東京都世田谷区桜二丁目七の三、桜公園を目指した。そこは、詩人で女性史研究家であった高群逸枝が夫の橋本憲三のサポートの下に三十七歳の夏から研究生活を送った場所、いわゆる「森の家」の跡である。

小田急の経堂駅で下りて、交番で道順を訊ねてみた。だが、女性の若いお巡りさんが地図を広げて、手で指し示しながら、

「二つめの信号のここを左に曲がった後、その先の突き当たりは右へ……」

などと懇切丁寧に説明してくれるのだが、申し訳ないけど頭が混乱するばかりだ。若いお巡りさんもサジを投げて、

「タクシーの運転手さんに連れて行ってもらった方が、確実ですよ」

ということになった。うん、それがよかろう。タクシーに乗り込んだ。

なにしろ道が細くてグニャグニャしており、一方通行が多い。グルリグルリと遠回りしなくてはならない。お笑いタレントの間寛平によく似た運転手さんは、とても親切だった。迷路状態の

街路を縫うようにして進みながら、

「こうするしかないもんで」

と申し訳なさそうに何度も弁明するのだった。それでも、よくしたもので十四、五分でそれらしき公園を見つけることができた。滑り台やブランコが設置されており、この桜公園は児童向けの公園なのだそうである。巨木が聳えていて、これは昔の「森の家」の名残りと言っていいのかも知れない。公園の奥の方に、「高群逸枝住居跡」の碑が見える。高群逸枝は自伝『火の国の女の日記(下)』(講談社文庫)の中で、

場所は東京府荏原郡世田谷町満中在家。小田原急行電鉄の経堂駅から徒歩二十分のところ。そこは細長い樹木地帯の南端に位置し、南はまるで人通りのない並木道をへだてて畑地、北は森、この森の先は植物園をはさんで稲荷の森につづく。東も森、西は軽部家の一町にある広い畑。その遠近にも森や雑木林が点在し、その間から富士がちょっぴり頭をのぞかせている。

と書いている。このように、このあたりはまったくの田園地帯だったわけで、それが、時を経るうちに住宅で埋まってしまい、グニャグニャした道はかつての田畑の畦道が広がらぬまま車道と化したのだろう。だから一方通行も多いので、おかげで昔の農村の名残りを体感することができた。逸枝・憲三夫妻は純農村にあって研究生活を送ったのだなあ、と、それが分かるだけでも

来てみてよかった。

この『火の国の女の日記』によれば、二百坪の敷地内にあった住まいは洋館の二階建てで、上下各三室。建坪は約三十坪だった。土地を提供してくれた軽部仙太郎氏の好意で、虎ノ門の「N宮家」が解体された時の資材が使われたという。憲三氏が自分で設計したのだそうだが、写真で見るとしゃれた、落ち着きのあるたたずまいだ。建物のまわりは櫟《くぬぎ》や栗の他、杉・松・檜などの常緑樹も茂っていたというから、研究に打ち込むには最適の環境だったろう。高群逸枝は一九六四年（昭和三十九）に七十歳で死去した。憲三氏は、その二年後に妹の橋本静子さんの住む熊本県水俣市に移り住んだ。「森の家」は世田谷区立の児童公園として生まれ変わり、一九六九年（昭和四十四）六月七日には公園内で「高群逸枝住居跡の碑」の除幕式が行われた。碑には、

時のかそけさ
春ゆくときの
そのときの

と自筆の詩章が刻まれている。二百坪の敷地の隅っこにあるので、目立たない。この記念碑の建碑世話人は十五名で、平塚らいてうや中村汀女らが名を連ねている。

ここ「森の家」跡がどんなところなのか、以前から一度来てみたかった。今回、東京へ着いてすぐから訪ねたので良かった、と思う。他の用を済ませてからにしようなどと考えていたのでは、ついつい行きそびれてしまっていたかも知れない。

ちなみに、石牟礼道子氏は一九六六年（昭和四十一）に高群逸枝伝の準備のために「森の家」を訪れて、滞在している。憲三氏が水俣へ移る直前だったと思われる。『葭の渚 石牟礼道子自伝』（藤原書店）によれば、憲三氏はこう言ったという。

「道子さん、僕らが去った後は、森もこの家も跡形もなくなりますからね、絶対に見に来てはいけません。結局幻ですからね」

してみれば、わたしたちは、絶対に見に来てはいけないものをわざわざ訪れて「幻」を確認したことになろう。それにしても「N宮家」の資材を転用したというしゃれた建物は、どうにか残せなかったのかなあ。流れる汗を拭きながら、そう思った。

（二〇一四・九・九）

昔の旅人は……………………………………菅江真澄『菅江真澄遊覧記』

最近読んだ工藤隆雄著『マタギ奇談』（山と渓谷社）という本は面白かった。北国で猟師のことをマタギというが、この本には彼らの生活のしかたや考え方がよく分かるように語られている。

本の中で、意外なことが書かれていた。秋田県の白神山地へ、江戸時代後期、三河（現在の愛知県豊橋市付近）の人、菅江真澄《すがえますみ》が来たことがあるらしい。『菅江真澄遊覧記』（平凡社東洋文庫）などの著述で知られる旅行家・博物学者で、本草学にも詳しくて各地で医者的な働きもしたという人物だ。この人についてマタギが語ってくれたところによれば、当時の弘前藩は菅江の白神訪問になかなか許可を出さなかった。真冬になってようやく許されたが、

「弘前藩は暗門の滝にある秘密を菅江に知られたくなかったためらしい」

とマタギは語る。実は、白神山地内の滝周辺では弘前藩が秘密に家伝薬用のアヘンを栽培していたのだそうだ。藩はその秘密に触れられたくなかった。その後、菅江は弘前藩の薬事係として二年ほど仕えるが、一七九九（寛政十一）四月、突如その任から外されたのだという。つまり、三河生まれの旅人は江戸幕府の間者すなわちスパイではないか、と疑われていた……、なーるほど、地方を歩き回る旅人は得てして中央政権からのスパイと見なされてしまうのか。

いや、それで、一九九四年（平成六）の年末、沖縄のヤンバル地方で名著『神と村』（梟社）や『うるま島の古層』（梟社）等で知られる琉球大学の仲松弥秀先生とそのお弟子さんが現地を案内してくださった時のことである。わたしは三人の執筆者との共著『九州の峠』（葦書房）が進行中だったので、ヤンバルの山稜地帯のヒラ（峠道）を取材しに行ったのだが、きっかけは笹森儀助が『南島探験』（平凡社東洋文庫）の中で書いていることに興味を持ったからだった。笹森は青森の人で、一八九三年（明治二十六）の五月から十月にかけて沖縄本島だけでなく宮古列島・八重山列島などのいわゆる先島方面にまで足を伸ばす。ヤンバルには六月に訪れて、このあたりの険

しいヒラを歩く。その折り、与那村の山中でハンセン病の人たちが放置されていることを知る。

又沿道各所絶壁ノ間、人跡を絶ツノ所ニシテ、或ハ一戸二戸ト矮陋《わいろう》〔ナル〕小屋ヲ作リ居住スルアリ。怪《あやしみ》テ之ヲ巡査ニ問フ。曰ク、是レ癩病《らいびやう》患者ナリト。一見セン事ヲ請フ。導者・吏員皆ナ云フ。臭気《しうき》鼻ヲ衝《つ》キ、近ツクヘカラスト。余、謂《いへ》ラク、癩病患者ト雖トモ亦、天皇陛下ノ赤子ナリ、仮令《たとひ》他人之ヲ歯《よは》ヒセサルモ、余ハ必《かならず》之ヲ見ント。岩壁ヲ攀《よ》チ登リ、其小屋ニ至ル。高サ四尺ニ満タサル矮屋《わいをく》ニシテ、二間四方位アリ。土間干草ヲ敷キ、二十才前後ノ女ト七才斗《ばか》リノ児女アリ。総身腐敗、臭気、屋ノ数歩前ヨリ聞ユ〔鼻ヲ打ツ〕。一見スレハ毛髪悚然《しようぜん》タリ。

このように、笹森は巡査や吏員が止めるのを「癩病患者ト雖トモ亦、天皇陛下ノ赤子ナリ」、ハンセン病の患者さんもまた天皇陛下の許にある赤子《せきし》（人民）である、と押し切って岸壁をよじ登る。そして、その虐げられた現状を目の辺りにして強い憤りにかられるのである。続けて、こう記す。

余、謂ラク、曩日《なうじつ》布哇《ハワイ》嶋ニ癩病専門家派出シ、患者ヲ治療スルノ挙アリ。我日本帝国、内ニ如斯不幸ノ患者アリテ、日本人トシテ一モ顧ルモノナシ。何ソ他〔家〕ノ布哇嶋ニ親切ニシテ、我カ国民ノ窮ヲ救フニ不親切ナルノ爰《ここ》ニ至ルヤ。

つまり、当時、明治政府は遠いハワイのハンセン病治療のために専門家を派遣していた。そういうふうに外国へは救いの手をさしのべながら、肝腎かなめの日本国内の患者たちに対しては何もしておらぬではないか、と笹森は『南島探験』の中で痛烈に政府を批判する。沖縄は、一八七二（明治五）から十二年にわたって行われた琉球処分によって琉球藩こと中山王府が廃されて、完全に日本の一県と化していた。しかしながら、現実はこのように明治政府から軽んじられていたのである。

わたしは、笹森が山中のどのあたりでハンセン病患者たちの惨状を見たのか、確かめたかった。で、取材していたら、仲松先生のお弟子さんが、

「笹森儀助は明治政府のスパイだったという説もあるのです」

こうポツリと言ったのである。ほう、ハンセン病患者の悲惨な境遇に怒った人間が、何のことはない、明治政府からの回し者だった、ということか。解せない話だ、と首を傾げざるを得なかった。仲松先生は笑いながら、

「根も葉もないうわさです」

と否定し、わたしも深く頷いたが、それでも心の隅で気になった。実に久しぶりにそのやりとりが思い出されたのだった。

旅人は、得てして旅先でこのように疑われてしまうものなのか。『東遊記』『西遊記』の橘南《たちばななん》

谿《けい》などは西日本だけでなく東日本も精力的に歩いたので、やはりどこぞで険しい眼差しに見つめられていたかも知れない。むろん、今までそのような説を見かけたことはないが……。夏目漱石の俳句に、

秋の暮一人旅とて嫌はるる

というのがあったなあ、と、今、思い出している。やはり、旅人は、所詮その土地に生まれ育った人間ではないのだ。

（二〇一六・十・三十一）

北

雪がはらはらと舞う時に

雪国への夢想……川端康成『雪国』

毎月二回出演している地元のFMラジオ番組の中で、近々、川端康成についていろいろ紹介することになり、下調べのためまず『雪国』（新潮文庫）を読み返してみた。なかなかに面白く、アッという間に読了。この作品に初めて接したのは十代後半だったが、どこが良いのかピンとこなかったと記憶している。二度目に読んだのは何年前だったか。若い時と大違いでたいへん優れた作品だと感じ入ったものの、それでもしっくりしない面があった。作中の芸者駒子や葉子の描かれ方には惹かれたが、島村という男は存在感が薄くて首をかしげざるを得なかったのである。

だが今度は気にならなかった。島村は、どうも、駒子や葉子の引き立て役として考えればいいのではなかろうか。雪深い山里の美しさも女たちの立ち居振る舞い、さらには島村の行いや思考やらもすべて現実と非現実との間にあって、そこから読者を静かに誘《いざな》っているかのように思え、不思議な気分であった。

ついでながら、小説の後半には『北越雪譜《ほくえつせっぷ》』が援用してあるから、これも読み直してみようと思っている。『北越雪譜』は、『雪国』の舞台となった越後湯沢のすぐ近く塩沢（現在の南魚沼市）に住んで縮布《ちぢみ》の仲買商を営んだ鈴木牧之《すずきぼくし》の労作である。初版が世に出たのは一八三七年（天保八）のことで、江戸後期のあのあたりの雪国ならではの風物や庶民生活がつぶさに記録されており、たいへん感動的な著作である。現在、岩波文庫に入っており、新潟の野島出版からも出されている。今まで何回読んだことだろう。

湯沢も塩沢も、一昨年（二〇〇九年）の九月に訪れて歩いてみた。湯沢には川端康成文学碑があって、『雪国』冒頭の文、

国境の長いトンネルを抜けると雪国であった。夜の底が白くなった。

これが作者の直筆文字を使って刻まれていた。あの作品に出てくる「駒子」のモデルとなったのは松栄姉さんという芸者さんだそうだが、その人がいつも髪を結ってもらっていたという美容

院も町なかにあった。駅近くでは糸ウリ・雪ゲショウ（別名ホクホクカボチャ）・塩漬けワラビといった野菜やタラの根（糖尿病や立ちくらみに効く）・ゲンノショウコ（万病の薬）を路上で売る人たちがいて、あれは旅情をそそったなあ。塩沢つまり南魚沼市では長岡市在住の作家・高橋実氏の案内で鈴木牧之の住んでいた家のあたりや墓所あたりを巡ってみた。高橋氏は牧之の研究家で『北越雪譜の思想』（越書房）という著書もあり、若い頃に牧之研究をもとにした小説『雪残る村』（新潟日報事業社）で芥川賞候補にもなった方である。そのような専門家に会えただけでも嬉しかったのに、その上あっちこっちと連れて行ってくださったのである。だが、なにぶんにも季節柄まだ雪がなくて、北国独特の雰囲気を味わえなかったのが心残りだ。あそこにはまた雪のあるうちに訪れてみたいもんだ。ウム、ぜひ行ってみたい、などと考えたりして落ち着かなくなるのだった。

でも、わたしなんかは南国にいるから安易に雪景色を夢想するが、このホームページのもう一つの連載コラム三原浩良氏の「ヒロ爺の野菜畑」を覗いてみると、実にかわいそうである。島根県松江市在住の三原氏は一所懸命野菜を育てているというのに、雪に悩まされっぱなしではないか。それから、京都府の日本海側には丹後半島があるが、あの半島のど真ん中の山中に大益牧雄という優れた木地師が一人住まいしている。材料の木を伐ったり乾燥させたり荒挽きしたりすることから始まって轆轤《ろくろ》等を用いて器の形を作る、漆を塗る等の面倒な作業をすべて自分でやっているのだが、その大益氏の話ではあのあたりも雪が深いそうだ。大晦日に電話してくれた時には、

「今、雪に閉ざされていますよ。積雪六十センチだ。さすがに人恋しくなりました」

とぼやいていた。一月十日頃には、酔った声で、

「今日は、うん、二メートル四十。いやいやあ、雪掻きもくたびれた」

とまくしたてた。そして、昨夜こちらから電話したら、

「あはは、今日は三メートル積もってます」と笑い飛ばす口調。彼のたくましさにはこちらが絶句してしまった。

だから、雪深い里を訪れたいなどとは三原氏や大益氏にはうっかり言えない。

（二〇一一・一・二七）

雪の降る中、文学散歩……下村湖人『次郎物語』

二月二日（木曜）、八代市立図書館の文学散歩ツアーに案内役として加わり、佐賀県・福岡県へ出かけた。以前に佐賀県神埼市の下村湖人生家と福岡県小郡市の野田宇太郎文学資料館を見てまわったことを書いたが、今回、図らずもそのとおりの道順で行くこととなったのだった。

総勢三十名が貸し切りバスに乗り込み、朝の八時四十分、八代を出発。間もなく雪がちらつき始め、こんなことは珍しいものだから「やあ、雪だ！」と浮かれていたのだが、やがてじゃんじゃん降るようになった。八女インターを下りて筑後平野の中へ入った頃には、あたりはすっかり白

一色の雪景色となっていて、ちょっと不安になったほどであった。だが、明治時代の初め頃に建てられたという下村湖人生家は、雪の中、しっかりとした姿で我々を待ってくれていた。和風の建物は雪によく似合うなあ、と思う。

この建物の中で、館長さんが下村湖人の生涯や名作『次郎物語』（新潮文庫）のこと等を詳しく語ってくださった。体が芯から冷えて正直なところ切なかったものの、時折り窓の外を見ると、雪がはらはらと舞う。このような時に『次郎物語』の世界を偲ぶ……、なんという良い時間だったろう。

吉野ヶ里で昼食をとった後、午後は小郡《おごおり》市の野田宇太郎文学資料館へと向かった。詩人であり、文芸評論家であり、「文学散歩」という語の創始者である野田宇太郎の生涯を、専門員のYさんの懇切丁寧な説明を聞きながら見てまわるうち、一九六八年（昭和四十三）刊行の『定本九州文学散歩』正・続（雪華社）二冊があった。わたしは、この本を出版した東京の小さな出版社に一九六七年（昭和四十二）の秋から六九年一月まで勤めていた。そして、担当編集者の使い走り役で野田宇太郎氏の東京都武蔵野市吉祥寺南町の御宅にゲラ刷りを届けたり、赤字入れの済んだゲラ刷りを受け取りに行ったりと、結構頻繁にお邪魔していたのである。仕事に厳しい、神経質な人だったが、こちらが昼間は出版社に勤めているが、夜になると大学の二部（夜間部）に通う大学生だというので気遣ってくださったし、文学の話をたくさん聞かせてもらった。あれはいろいろと勉強になったなあ、と、懐かしかった。

この野田宇太郎文学資料館には、野田氏から寄贈された蔵書三万冊余が収蔵されているので、それも一部分見せてもらった。雑誌「明星」や北斎漫画等々、一般にはなかなか手に入らぬ貴重な本ばかりである。みんなで感心しているところへ、さらにYさんが『北越雪譜』を出してくださった。これは凄い。野田氏は、越後塩沢（現在の新潟県南魚沼市）の鈴木牧之《すずきぼくし》が一生かけて世に問うた雪国生活誌を、それもちゃんと天保年間の木版本を所持していたのである。鈴木牧之は、縮《ちぢみ》布の仲買をしたり質屋も営む一方で、『北越雪譜』『秋山記行』等、郷土の風俗習慣をも書き著す人であった。わたしは、御宅に出入りする頃にはすでに新潟市の野島出版から出ていた『北越雪譜』を愛読していたから、あの頃そんな話も切り出せばもっと深くいろいろ教えてくださったはずなのに、過ぎ去った時間は帰らない……。

雪の降る日、みんなでワイワイ賑やかに見学して廻ることができた。高齢の参加者が多かったが、皆さん知的向上心が旺盛で、終始活き活きしていた。そして、雪深い北国の名著それも木版本に南国九州の一隅でお目にかかれて、言うなればこれが今回の文学散歩最大の収穫であった。

（二〇一二・二・三）

熊が人を助ける話……………………………………鈴木牧之『北越雪譜』

このところ、暇を見ては雪国の生活誌『北越雪譜』を開いている。福岡県小郡市の野田宇太郎文学資料館で『北越雪譜』初版本を目にしてから、無性に読み直したくなったのである。わたしがずっと以前に買って使っているのは新潟市の野島出版が刊行した『北越雪譜』だが、一般によく流布しているのは岩波文庫版であろう。

今、熊と人間との関わりが書かれたあたりを辿ってみている。熊のいる穴に雪が降り積もった場合、たとえ穴が雪に覆われてしまっても必ず「細孔《ほそきあな》」が生じるそうである。そこから木の枝を差し入れると、熊はうるさがって押し返す。何度もやっているうちに熊が動き出すのだが、穴の口へ出ようとするところを猟師が槍で突き、数匹の犬を使って噛みつかせて殺す、というわけだ。えらくスリリングなハンティングである。

かと思うと、「熊人を助《たすく》」と題した話が載っている。妻有《つまあり》の庄というところに住む老農夫が懐古談をするのだが、農夫が二十歳の頃、薪《たきぎ》を採るために雪車《そり》を引いて山に入った。ところが、深い雪のため足をとられて、雪車もろとも谷に転げ落ちてしまったという。岩窟《いわあな》を見つけて潜り込み、奥の方へ分け入って行くと、なんだか温かいものに出会う。触ってみたら、なんと、熊ではないか。大いに肝を冷やしたものの、「殺《ころさ》ば殺し給へ、もし情《なさけ》あらば助たまへ」と、恐る恐る熊を撫でてみる。すると熊はゆっくりと動き、自分の体温で温もっている場所へ農夫を座らせたり、手のひらについている甘いようなものを舐めさせてくれたりする。ついには、熊と農夫は寝起きを共にするのである。そして、ある日、熊は農夫を連れて外へ出る。雪をかき分けて、人の足跡の見えるところまで進んだあたりで熊は走り去った。農夫はわが家へ帰り着いたが、家では本人が亡くなったものとして諦めて、「四十九日の待夜《たいや》」の法事を営んでいた最中だったので、皆、ビックリ仰天するやら喜ぶやら、一座はたちまちのうちに祝宴の場となったそうである。

この話、実際にあったのか。実話だとすればたいへん感動的である。あるいは、もしかして老農夫のホラ話であったかも知れないのだが、ただ、そうであっても厳しい気候風土の雪国にあって逞しく生き抜くからこそ吹けた、さしずめちびちび酒でも嘗めながらの炉端でのホラではなかったろうか。越後塩沢（現在の新潟県南魚沼市）の商人・鈴木牧之が一生かけて刊行したこの名著、何度読んでも興味が尽きない。

ちなみに、牧之の住んでいた一画は南魚沼市のど真ん中で、現在では酒と釣り具を売る店となっている。このあたりは昔の越後塩沢宿だが、まわりはすべて山である。秋の初め頃、寒いくらいに涼しかったが、冬になれば雪がたくさん降り積もるに違いない。さらに、牧之のお墓は、市の中心部からちょっと入ったところの長恩寺という浄土宗の寺の境内にある。というふうに、今こうして『北越雪譜』を辿りながらあのあたりの山や川が具体的に浮かび上がるので、あの時は思い切って行ってみてよかったな、と思う。むろん、雪のある時季にもう一度現地に入ってみたくもあるのだが……。

（二〇一二・二・十七）

あとがき

今度、弦書房ホームページの連載コラム「本のある生活」の中から七十編を抜き出し、このように一冊にしてもらうことになった。

この本には収めていないが、連載の第一回は九年前の二〇一〇年（平成二十二）二月十六日に掲載され、「屋根裏部屋からこんにちは」という題であった。当時は、わが家の屋根裏の物置を寒い時季だけ原稿執筆の場所にしていた。狭いけど暖かくて、居心地がよかったのだ。ただ、ハシゴを使って上り下りしなくてはならず、妻から「今にツイラクするよ、知らんからネ」と何度も警告された。第一回のコラムではそのような話題を記しているが、今はもうさすがにここには上らぬことにしている。小言《こごと》を言ってくれていた妻は、昨年七月に亡くなった。

弦書房の社主・小野静男氏からコラム執筆の話があった時、どのようなタイトルにするか迷った。しかし、もう一人のコラム執筆者が当時まだ元気だった故・三原浩良氏で、氏は「ヒロ爺の野菜畑」という題で書くとのこと。それならば、「晴耕雨読」などという言葉が昔からあるが、三原氏はさしづめ「晴耕」の方を手がけるのだな。ならば、わたしは「雨読」つまり本に関する話題がなるべく出てくるような内容を心がけよう、と考えた。だから、「本のある生活」。九年前にそのようにして開始して以来、続けてきたが、気づけば現在では三百五十回を越えてしまっている。

今から読み返すと、必ずしも本の話題ばかりではなかった。原稿を受け取る窓口は主として野村亮氏がやってくれたが、題材や内容について縛りを入れることはなく、気ままに、伸びのびと書かせてもらった。それで、「本のある生活」は折り折りの自分が考え、感じ、関心を持っていることの最もフレッシュな状態を発信できた。野村亮氏は最近退社し、独立したが、これまでほんとにありがとう。

そしてまた、これを出版してくれる弦書房社主・小野静男氏に、心から感謝。

書名の『ていねいに生きて行くんだ——本のある生活』は、淵上毛錢の詩の一節を借りた。ちゃらんぽらんな自分にはできそうもないことであり、それは分かっている。しかし、ていねいに生きる人への畏敬の念だけは持ち続けよう、と思うのである。

この本が一冊でも多く売れますように!

二〇一九年八月十五日、精霊流しの夜に　　前山光則

〔著者略歴〕

前山光則（まえやま・みつのり）

一九四七年、熊本県人吉市生まれ。

一九七二年、法政大学第二文学部日本文学科卒。

元高校教師。現在、熊本県八代市在住。

著書『この指に止まれ』『球磨川物語』『山里の酒』（以上、葦書房）、『山頭火を読む』（海鳥社）、『若山牧水への旅——ふるさとの鐘』『生きた、臥た、書いた—淵上毛錢の詩と生涯』（以上、弦書房）。共著に『九州の峠』（葦書房）、『山里に生きる・川里に暮らす——東郷町民俗史』（宮崎県日向市）、『球磨焼酎——本格焼酎の源流から』『昭和の貌—《あの頃》を撮る』（以上、弦書房）、編著に『淵上毛錢詩集』『古川嘉一詩集』（以上、石風社）など。

ていねいに生きて行くんだ
——本のある生活

二〇一九年 九 月三十日発行

著　者　前山光則
発行者　小野静男
発行所　株式会社　弦書房
（〒810・0041）
福岡市中央区大名二—二—四三
ELK大名ビル三〇一
電　話　〇九二・七二六・九八八五
FAX　〇九二・七二六・九八八六

組版・製作　合同会社キヅキブックス
印刷・製本　シナノ書籍印刷株式会社

ISBN978-4-86329-194-2　C0095